嬢　リンス
ーム主人公
ヒロインさん、びしょぬれじゃないですか！
途中で降り出したのかな？
まったく不注意な人ですね！
講堂の後ろをウロウロしていましたが、
いまさら座る席もないようで、
最後尾で立ち見を決め込んだようです。
JN247587

「そ、そんなことはしていません！」
「毎年度の生徒会の会計、全部計算しなおしてみましょう。みなさん毎日楽しんでいらっしゃるそのお茶とお菓子はどなたが提供しています？」
公爵令嬢
エレーナ・ストラーディス
生徒会長
シン、学園の女王に鋭く追及する――！

2

著：ジュピタースタジオ
イラスト：Nardack

僕は婚約破棄なんてしませんからね

Boku wa
Konyakuhaki
Nante
Shimasen
Karane

目次

CONTENTS

Boku wa Konyakuhaki Nante Shimasen Karane

1章 入学式イベント阻止

ラステール王国、第一王子の僕、シン・ミッドランドと、公爵令嬢のセレア・コレット嬢との婚約が決まってから四年が経《た》ち、もうすぐ僕らは十五歳。王侯貴族が入学する貴族学校、フローラ学園への入学まであと一年を切っています。

僕の婚約者、セレアには前世の記憶があります……。その記憶によれば、僕はこの学園で出会った少女と恋に落ちて、邪魔になったセレアを断罪し、婚約破棄をしてしまう。

セレアは、ゲームっていう世界の、悪役令嬢なんです。それがセレアの記憶です。

……僕はそんな展開、どうしても認めることができませんでした。僕がそんなひどい王子になるって？　そんなの信じるわけにはいかないよ。だから、婚約破棄なんてことにならないように、出会ってすぐ十歳の時に、夜中に教会にこっそり忍び込んで、結婚式を挙げちゃったんです！

二人で、女神ラナテス様に誓いを立てました。死が二人を分かつまで、愛することを誓うってね。

でもそれだけじゃ、ゲームの強制力ってやつと闘っていくには足りません。僕がやらなくちゃいけないこと。それはなにがあっても大丈夫なように、僕たちがこの世界で、確固たる地位を確立することです。誰にも文句を言わせない。それぐらい僕たちが実績を残し、必要とされる人物になること。それが僕が考えた作戦です。そのため、僕の公務で監督する養護院や病院で、セレアの前世知識を借りながら、様々な改革を行い、成果を上げてきました。

いろんな改革に手をつけてきた僕たちですが、どうしても認めてもらえないこともあります。

「フローラ学園の平民修学枠の拡大」もその一つですが、強固に反対されてこればかりは説得することができませんでした。

僕が考えるに、ゲームで悪役令嬢のライバルとなるヒロインさんの一番の武器は「平民であること」。学園でただ一人の平民であるからこそ、注目され、特別な存在であり、貴族子息の注目も浴び、周りから差別といじめも受け、攻略対象の保護欲をくすぐり、助けてもらえる。貴族社会のルールもマナーもできてないからこそ、かえって彼女の素朴さ、純真さ、かわいらしさが光り、貴族社会の中で頑張るけなげさ、いじらしさが攻略対象には愛らしく見えるのです。つまり応援してあげたくなる。そんなキャラクターなんですよね。

だったら、平民の入学枠を拡大し、学園内に平民がいることが別に珍しくもない。そんな環境作っちゃいえばいいんじゃないかと思ったんですが、甘かったです。

「貴族学園をどうこうなどより、平民の学校をまず充実させるのが先ではないか。平民学校の充実と教育レベルの向上、受け入れ生徒数の拡大、教育水準を上げるべきはそちらである」という国王陛下のド正論に、僕はグウの音も出ませんでしたわ。

もちろん政策として正義であり、そっちのほうがいいに決まっているので、僕はなにも言えなくなってしまったわけで。なにより僕がずっと主張していたことを陛下が進めてくれているわけですから、なにが不満なんだとなりますよね。

「貴族階級の選民意識、特権階級の横暴を防ぐ意味でも、学園内で身分の区別なく平民と対等に過ごす機会を得られることは貴族たちにとってもマイナスにはならないはずです」

「その程度のことをわからせるために平民の子息に苦労をさせるな。貴族学園に入学させられる平民の身にもなってみよ。貴族への社交辞令、礼儀作法など学ばされても平民にしてみれば迷惑千万。なんのプラスにもならぬわ」

ぐはあ、簡単に論破されてしまいました……。

「貴族への尊敬、信頼、強要して教え込むものでは断じてない。それは貴族が自身の仕事で民より獲得するべきものである。それができぬ貴族など長続きもしないし、貴族たり得ぬ」

「……おっしゃる通りです」

「フローラ学園にはお前も来年から入学するのであろう」

「はい」

「だったらそれはお前がやれ」

「……はい」

「鼻持ちならない貴族子息子女の特権意識、選民思想、爵位にあぐらをかいた怠惰、傲慢、気に入らないならお前が打破しろ。お前の姉、サランはそれをやっておったぞ」

姉上、偉大すぎます。これは僕も頑張らないといけませんね。

貴族子息子女が通うフローラ学園でも、入学試験はあります。あまりにもレベルの低いやつは入れないようにするための防波堤でもあります。逆に言えば貴族子息、令嬢なのに学園に入れないとなると、これは大変な恥になりますので、貴族のわがまま放題の放蕩息子にちゃんと勉強させる理由付けにもなっています。元々フローラ学園というものは、貴族子息の教育レベル低下に歯止めをかけるために設立されたものですからね。貴族が平民よりバカでは話になりませんから。

僕は王子です。無試験でも入れますが、それは辞退して他の貴族子息子女と同等に、みんなと一緒に試験を受けます。ぶっちぎりで成績トップになるぐらいでないと他の貴族に示しがつきません。入学する十五歳になるまでは、今まで以上に時間を取り、勉学に励むことになりました。

「……ゲームの中の王子様はいつも成績トップでしたが、こんなにたくさん勉強していたんですね。知りませんでした」ってセレアが感心してくれます。

そりゃあそうです。僕、別に天才じゃないんですから。

☆彡

ジャックとシルファさんも入学試験のために、王都にやってきました。馬車の駅に迎えに行きます。試験期間中は二人とも王都内の親戚の別邸に滞在します。ラブラブなようでなによりです。

「ひさしぶりジャック！　勉強はかどってるかい？」

「毎日ヘロヘロだよ……。お前はいいよな地元だから。俺らみたいな地方の領主の息子は大変なんだからな」

あーそうかもしれませんね。

「おひさしぶりです。また会えて嬉《うれ》しいです！」

シルファさんもひさしぶりです。セレアと再会を喜んでいます。

「あれ？　シュバルツさんは？」

「ちゃんと来てるよ。僕らももう子供じゃないんだからお守りみたいにべったりくっついてたりはしないよ」

ジャックがクルクル周りを見回しますけどね、いませんね。

あの恐怖の顔で目立ちまくっていたシュリーガンはこっそり護衛するってのを放棄してましたが、シュバルツはちゃんと目立たぬように、見つからないように護衛します。そりゃあもう見事なものです。僕でさえまったく気配がわかりませんから。

「とりあえず最後の息抜きだ。なんか食っていこうぜ」

「いいね。ジャックはなに食べたい？」

「フライドチキン。なんか王都に来るたびに食い逃しちゃうんだよな。そのせいかめちゃめちゃ食いたくなるんだよ。なんでかね」

フライドチキンかー！　僕らにはけっこう鬼門なんですけど。

しょうがないので嫌々ですけど、ハンス料理店の支店、フライドチキン専門店に行ってカウンターで注文し、店の前に並べてある外のテーブル席で四人、座ります。

「おいしい！」

シルファさんは食べるのは初めてですか。おいしいですよね油揚げチキン。

セレアも一口かじって、僕の分を渡してくれます。もうそうするのが自然になっちゃっていて当たり前って感じですけど。

「……前から気になってたんだけど、お前らのそれなんなの？　いつもセレアさんの食いかけ食ってるよねシン」

「面倒なんだけどね、毒見なんだよ。一応僕、王子だから、外食する時は毒見なしで食べたらダメってことになってて、セレアがやってくれるの」

「へー。王子って面倒だな！」

「セレアさんけなげですわ……」

シルファさんが感心しますね。

「……俺にはイチャイチャしてるようにしか見えねえよ」

「だよねえ……。こんな外食店でそんな心配する必要も、もうないと思うけど、古い慣習だよね。ま、そんなことは気にしないで、さあ食べよう食べよう！」

「しかしこれうまいなあ！　手が油でべとべとになるのが嫌だけど」

ジャックはこれ食べるの、三年ぶりだっけ？

「フォークとナイフで食べたいよね。でもこれこんな味だったかなあ……。初めて食べた時は美味しいと思ったけど、改めて食べてみると、これうまいかなあって気がするよ。味が濃いし油でギトギトしているのがなんか嫌だな」

「私もそう思います……」

セレアもおんなじ感想ですか。毎日食べたいような料理じゃないよね。

「ま、そんなところも庶民ぽくていいかもな。郷に入っては郷に従え、さ」

「ジャックがそんなこと言うなんて驚きだよ」

「お前なあ、俺のことどう思ってんだよ……。これでも庶民派の跡取り様で領地では通ってんだからな？」

「はいはい」

そんなふうに笑ってますと、テーブルの横に人が立ちます。

「すごいメンバー……」

ぼそっとつぶやいたのは、あの子です！　薄い透き通るようなピンクの赤髪、青い瞳！　ヒロインさんのリンスです！　うわあああああ見つかった！

「いらっしゃいませ。ハンスのフライドチキン店へようこそ！」

「……どうも、ご馳走になってます」

くそうコイツ絶対知ってて話しかけているよね。攻略対象の僕とジャック。それにヒロインのライバルキャラになる悪役令嬢のセレア、ジャックの婚約者のシルファさん。そりゃあヒロインの君から見りゃあすごいメンバーでしょうよ。

おそるおそる、ジャックを見ます。

「ん？　注文は全部そろってるけど？」

いつものジャックです。よかった。ここでいきなりヒロインさんに一目ぼれとかはなさそうです。

僕と違って幼いころの出会いイベントとかないもんねジャック。

「ただいま新製品のキャンペーン中でして、ぜひ試食と、そのご感想をいただきたいと思いまして！」

そう言って、盆の上に載せていたカップをテーブルに勝手に置いていきます。ジュースのようです。

「……このジュースすげえ。氷が入ってるよ」

北方の領地のジャックも、まさか氷入りジュースが王都で飲めるとは思っていませんでしたよね。

麦の茎のストローでカップをかき混ぜてます。

製氷技術が確立され、さっそく自分の店にも採用してきましたかヒロインさん。やるものです。製氷機はまだまだ高価な機械で、病院に設置された以外は、食料品を扱う商人ギルドぐらいにしか納入されていないはずですが。

「グレープ味、レモン味、ストレートティー、オレンジとなっております」

セレアは固まっちゃって、完全に無表情です。

「グレープうめえ」

ジャック喜んじゃって。

「このオレンジ、炭酸水なんですね、すごいです」

シルファさんも喜んじゃってます。

「じゃ、僕は……」

ストレートティーに手を伸ばすと、はっと気が付いたようにセレアがそれを取っちゃいます。自分でちょっとストローから吸い込んで一口飲んでから、僕に渡してくれます。

「ごめんごめん。はい」

セレアにレモン味を渡します。

「オレンジ飲ませて？」

「はい」

ジャックがシルファさんからオレンジ味を受け取って飲んでみています。

「これもうまいな！」

シルファさんもジャックのグレープを飲んで、「おいしいですよ」ってにっこり笑います。

僕もストレートティーを飲んでみます。要するに冷めた紅茶です。氷が入っているからって、別においしいとは思いませんね。安い葉ですよ。

「……酸っぱいです」

セレアはレモン、苦手みたいです。

「じゃあこれ、あげるよ」

「ごめんなさい……」

僕はストレートティーをセレアに渡し、セレアからレモン味受け取って、ストローで飲んでみます。

「うわあ酸っぱいよこれ。炭酸水の酸っぱさと合わさって酸っぱさ二倍！」

それを見てジャックが「ツキがないなあシン」って笑います。

「だったらそれくれよ」

「ヤダよ」

「みなさん、仲がいいですね……」

ヒロインさんが驚いています。こんなの設定にないってことですか？

「仲がよかったら変ですかね？　一緒に食事をする仲なんだから普通でしょ」

「男女間で飲み物の回し飲みをすると間接キスに……いえ、なんでもないです」

そんなこと気にすんの？　おかしな子ですねえ。僕なんかいっつもセレアの唾液のついた食いかけ食ってますよ。マズいと思ったことなんかないですね。

「グレープとオレンジはどうでしょう。五点評価で」

「五点」

「五点でいいと思います。ご馳走様でした」

ジャックとシルファさんは満足みたいです。

「ストレートティーとレモン味はどうでしょう」

「要するに冷めた紅茶。レモンは酸っぱい。人の好きずきもあると思うから両方二点で」

「……私もそれで」

「さんざんだなあ……。失敗だったかな。高貴なお方にはお口に合いませんでしたか」

そう言ってセレアをちょっとにらみます。なに言ってんのこの子。僕らが高貴な人ってどうしてわかるの。今日だってみんな平民の服着てんのにさ。けっこう言葉のあちこちにボロが出やすいタイプみたいですね。バレバレだよ。

ヒロインさん、なぜか帰らずにずっと僕たちを立って眺めているんですよ。僕らの関係を観察しようってことですか。セレアは目を合わせないようにちょっとぎくしゃくしています。挙動不審になっちゃってるかも。

「あの、用は済んだ？」

「……はい。アンケートご協力ありがとうございました。またご来店ください。お待ちしてます！」

そうしてアンケート用紙にメモして、お店に戻っていきました。

「ジャック」

「ん？」

「今の子どう思う？」

「店員にしてはメチャメチャかわいかったな。看板娘ってとこかね」

オーナーの娘ですって。今や男爵令嬢ですし。

「でも胸はシルファのほうが勝ってるし」

シルファさんがジャックをつねります。

「いてえ！」

うん、心配することないみたいですね。ジャックのデリカシーのなさは、ちょっと心配しちゃいますけど。

あとでセレアにこっそり、ヒロインさんをどう思ったか聞いてみました。

「やっぱり、ちょっと怖かったです」とのこと。いっそ、権力使って入学阻止してやろうかなあ。

まあそんなこんなで、入学試験が終了しました。結果ですが、僕もセレアも、ジャックもシルファさんも四人とも合格通知が来ました。一安心です。

入学試験、当然ですけどヒロインさん来ていました。男子生徒の注目をめちゃめちゃ浴びてました。すごくかわいいのにみんな彼女に覚えがないんです。そりゃそうですよね、最近男爵家の養女になったばっかりですし。

「……あの子、誰?」ってこそこそウワサになってたようです。学園が始まったらどうなっちゃうんでしょうねえ。モテちゃうんだろうなあ。

まさか、逆ハーレム狙い?　考えすぎかな。

☆彡

学園に入学すると、どうしても学業優先になって公務は後回しになりそうです。僕は入学前に手をつけていた公務の最後の仕上げ、最重要課題を国王陛下出席の御前会議に提案しました。

「またお前たちか……。今度はなんだ?」

国王陛下が僕らを見て苦笑い。

「またカネのかかる話じゃないでしょうね!」という財務大臣さんの声にみんな笑いますけど、今日の僕らは真剣です。今日はセレアの他に、国立学院《アカデミー》研究員のスパルーツさん、助手のジェーンさんも同伴してもらいました。悲壮な覚悟の表情に、列席の大臣さん、上級貴族様も、「これはいつもと違うな」という雰囲気を感じたようです。

「本日は天然痘の予防についてご提案をさせていただきたいと思います」

「天然痘だと！」

会議室が騒然となります。

「天然痘の治療方法ができたのか⁉」

厚生大臣が勢い込んで聞いてきますね。

「残念ながら治療ではありません。今回ご説明したいのは予防です」

「予防？　予防なのか。治療ではなく？」

「なぜ予防だ。治療のほうが大事ではないのか？」

「治療はあまりにも難しく、未だ困難ではあります。しかし、天然痘の原因と、これを発病しない予防法については確立しました。ぜひご検討ください」

「……聞こう」

陛下もいつも以上に真剣です。この国の人間で身内を天然痘で亡くしていない人なんていないんです。陛下とて例外ではありません。

「はい。ジェーンさん、お願いします」

スパルーツさんの助手のジェーンさんが陛下に一礼し。説明を始めます。

きわめて感染力の強い病気である天然痘ですが、一度天然痘にかかって生き残り、免疫を獲得した人は二度と天然痘にかからないことはよく知られています。改めてその点について理解してもらいます。

人間の体には、過去かかった病気には二度とかからない抵抗力がつく、「免疫」という力があること。国内で、ジャックのいるワイルズ領においては、天然痘の感染拡大がほとんどない特異点であること。領民の病歴を調査したところ、過去、乳牛の感染症である「牛痘」にかかって完治した者はその後天然痘に感染した例が非常にまれであること。

天然痘は自然に発生する病気ではなく、菌よりもさらに小さく存在が確認できない極小の微生物が原因であることが各種の事例より推定できること。

そして、これが重要なのですが、「牛痘」にかかることにより、天然痘の免疫も獲得できること。牛痘は天然痘に似たきわめて近い病気であると考えられますが、その症状は風邪程度で軽く、すぐに回復すること。ここまでを、データを交えてジェーンさんが説明します。

「私たちとしては、天然痘の予防として、牛痘にわざとかかる。病原を体に植えて、牛痘から回復してもらうことで、天然痘の予防になると考えます」

会議室がざわめきますね。驚きの研究結果です。

「医師がわざと患者を病気にするなど許されるのか!?」

「牛の病気を人間に移すのか？　牛になるわ」

「危険ではないか？」

「自ら病気になるなど、狂気の沙汰ではないのかね」

「なにかの間違いで天然痘になってしまったらどうする。半分は死ぬのだぞ!」

「それ、安全性は証明できるのか?」

厚生大臣の質問に、ジェーンさんが「できます」と断言します。

「どうやって?」

「私が自分の体で試したからです」

会議室が騒然とします。

「私はワイルズ領で、徹底的に聞き取り調査をし、住民の病歴を改めて確認し、十分な効果を確信しました。牧場で実際に牛痘にかかっている牛から膿《うみ》を取り自分の体に接種を行い、牛痘にかかって、回復したのです。その後、天然痘が発生している村に行って、実際に患者の膿を私自身に接種を行いましたが、天然痘は今においても発病していません!」

ジェーンさんが上着を脱いでノースリーブの肩の接種跡を見せます。かさぶたがはがれたような跡が肩にできています。

「バカな……」

「なんという無謀なことを」

「ス、スパルーツ! 貴様、そのような人体実験を彼女に強いたのか!」

スパルーツさんが答えます。

「いいえ。もちろんそんなことは許しません。ですが、彼女が確固たる信念をもって独断で自ら試したのです。蛮勇でありましょう、愚かでもあります。でも彼女は百も承知でそれをしたのです」

「……発病していないだけで、実際には今、天然痘に感染しているのではないか？」

「あり得ません。発症期間はとっくに過ぎています」

「一例だけでは……。たまたまということも考えられる」

「それもないです。追試しました」

「追試だと？」

「研究室のスタッフ十五名、全員が効果を確認しました。私たちは彼女の持ち帰った牛痘サンプルを接種し、発病して完治したあと、天然痘の接種を行いましたが、一人も発病しなかったのです。もちろん私もです」

僕が会議室のドアを開けると、ぞろぞろと研究員のみなさんが全員入ってきました。そして、陛下に一礼して、全員白衣を脱ぎ、肩の接種跡を見せました。

「なんと無謀なことを……」

「僕も接種してもらいました」

「なに？」

「僕も実験に参加しました」

僕ももろ肌脱いで肩を出し、接種跡を見せます。

「研究員十五名、誰も天然痘を発病しなかったと聞いたんで、僕も牛痘を接種してもらい、牛痘にかかりました。軽い風邪みたいなもんでしたよ。熱が出て数日フラフラしていましたけど。治ったあと、みなさんと同じように天然痘を接種してみましたけど発病しませんでした。牛痘接種の安全性は僕も保証します」

「バカ者！」

陛下が部屋に響き渡る声で怒鳴ります！

「お前は自分の立場がわかっているのか！　それが一国の王子のやることか！　十分な検証もなしにそんな危険な人体実験に参加するなど、王族に許されることだと思うか!!　やっていいことと悪いことの区別がつかぬか！」

陛下が椅子から立ち上がって、ガーンと机を叩《たた》きます！

「検証はすでに十五名の研究員がしてくれていましたが？」

「足りぬわ！　王子がやっていいことではないと言っている！」

「王子だからこそ、やりました」

「なに？」

「陛下は戦争になった時、ご自分の部下たちに戦《いくさ》を任せ、戦場から逃げ出しますか？」

「余を侮辱するか」

「部下たちを信頼し、自らも戦場に踏みとどまり、刀折れ矢尽きても共に最後まで戦おうとはしないのですか」

「なにを言い出す……」

「この者たちは僕の信頼できる部下も同じです。ずっと一緒にこの研究を進めてきたのです。王侯貴族たる者、戦《いくさ》となれば臣民を守って闘う。それが貴族」

「詭弁《きべん》だ」

「この場合闘う相手は天然痘です。命を懸けて立ち向かうに値する強大な敵です。戦場に立つのとなにも変わりません。国民、臣民の命を守るため、王子として命を懸ける価値があります」

「病《やまい》と戦《いくさ》は違うわ」

「同じです。民を守るために命を懸けて闘っている部下たちがいるのなら、その信念に僕は応えなければなりません」

「そんな必要があったのか」

「王子でさえ、この接種を受けて天然痘にかからない体になった。その事実が必要なのです。平民の隅々までこれを実施させるための布石です」

陛下、どかっと席に座ります。

「国民全員に接種をしろと？」

「効果があるのは五年です」

ジェーンさんが説明します。

「私は牛痘の接種をしてから、天然痘が発生している村に行き、患者の治療にあたりました。その際、自分は天然痘にかからないという女性が治療の助けをしてくれました。その女性は牛の乳しぼりをしていた小作人で、かつて夫が天然痘にかかり、その看病を行いましたが、彼女には天然痘は感染しなかったそうです。本人は生まれつき天然痘にかかりにくいのだと思っていたようですが、乳しぼりをすることで牛痘に感染し、免疫があったのだと思われます。夫を亡くしたあとは屋敷の小間使いになり、牛に触れることがなくなった彼女は、私の手伝いをするうちに、自分の娘が天然痘にかかり、その看病により自身も感染し、娘が亡くなると、そのあとを追うように亡くなりました……」

ジェーンさんが辛そうな顔になります。感染を見逃してしまったことになりますからね。

「彼女はなぜ自分が天然痘にかかったのか、最後までわからないようでした。不幸にも一家は天然痘により絶えたことになりますが、免疫の効果があるのは五年程度と、その身をもって証明してくれました。改めて詳しく調べた結果、牛痘により得られる免疫効果は五年から十年」

「国民全員に乳しぼりをさせろとでもいうのかね？」

厚生大臣が聞いてきます。

「その必要はないです。接種でできますから。肩に針を刺すだけです」

「それほどの大量の接種、できるのか？」

「国内の農家の牛を学院で預かります。一頭、牛痘の状態にし、もう一頭に感染させる。自然に完治した牛は農家に返し、また牛を借りてきて感染させる。そうして常に牛痘にかかっている牛を確保し続けることで牛痘の種を保持します」

「なるほど……」

「免疫が有効な五年以内に全国民にこれを一斉にやるのです。一気にやることで感染の連鎖を必ず断ち切れます。国内から天然痘を撲滅することが可能なのです」

「五年か……」

スパルーツさんが前に出て頭を下げます。

「セレア様がアイデアを出し、ワイルズ子爵がデータを集められ、ジェーンが自身の体で効果を実証し、我々全員で追試して確認し、シン様が安全を保証してくださいました。決して無下になさることなきように伏してお願い申し上げます。ご決断を仰ぎたいと思います」

「セレア様のアイデアですと？」

会議室にいた大臣たちが一様に驚きますね。いきなり名前が出てちょっとびっくりしたセレアですが、頷《うなず》いて説明してくれます。

「牛の乳しぼりをしていて牛痘にかかった人は、天然痘にはかからないってことをシン様にお教えしただけなんですが……」

「いや、そんなこと初耳だ。よく気づかれましたね……」

「私も牛痘の接種をしていただきました。天然痘の接種はさすがにシン様がお許しくださいませんでしたけど、私の体にも天然痘の免疫ができました。今後五年間は私も天然痘にかかりません」

そうしてセレアがカーディガンを脱いで、ノースリーブの肩の接種跡を見せてくれます。小さいかさぶたができてます。

「殿下の婚約者たるセレア様が自らそのようなことをしなくても……。もっと国民に行き渡って、安全性が完全に確立されてからでもよいでしょうに」

「そんなことを待っていたら、私はこの国最後の天然痘患者になってしまいます」

みんな、黙ります。

「陛下」

静まり返った会議室で、国軍を統括する将軍が発言します。

将軍、痘痕顔《あばたがお》で右目にアイパッチを当てている隻眼です。過去、天然痘にかかり、生き残った猛者であることが一目でわかる容貌をしています。

「意見具申《いけんぐしん》してもよろしいでしょうか?」

「なんだ?」

「研究員十五人で足りなければ、私と、直属の第一師団も、追試に参加したく思います」

みんなが黙って陛下を見ます。全員の視線が自分に集まっていることを、陛下が理解して頷きます。

「……いいだろう。ただし志願とせよ。万全を期せ」

泣き崩れるジェーンさん。それを抱きしめるスパルーツさん。

僕もセレアと手を握り合って喜びます。

「やったあああああああー！」

会議室、国王陛下の面前であるにもかかわらず、研究スタッフたちの歓声が上がります！

「医師の執念と覚悟、恐れ入る……」

陛下が首を横に振りますね。

「どう実施していきますかね？」

「まずは王都に出入りする者全員に、接種を義務付けよう。天然痘を持ち込ませず、持ち出させずだ」

「城門でチェックするとしますかね」

「接種跡があるかどうかで見分けられるのではないかな」

「税関で入城、出城時にその場で接種してしまえばよい」

「いいですな！　そうしましょう！」

「出入りの商人たちも、旅人も、外国の大使も、接種を受けなければ入城できないとなれば従うでしょう。他国にも評判が広がれば、全世界での撲滅も夢ではありませんぞ」

さっそく大臣のみなさんがアイデアを出してくれますね！

「シン殿下」

……将軍から声をかけていただきました。

「まこと、王たる者の器です」

「おべんちゃらを言うな。調子に乗らせる」

陛下がそう言うと、みんな、少し、笑いました。

☆彡

ヒロインさんが転入してくるのはゲームだったら二年目から。二年生からなんですよね。

そこで僕は入学式で一年生を前に在校生代表として歓迎の挨拶をするのですが、そこに一年生と一緒に出席した転入生のヒロインさんが倒れちゃうので、僕は彼女を抱きかかえて（お姫様ダッコって言うそうです。なんだそりゃ）保健室に連れていくんだとか。それがヒロインさんと王子の学園最初のイベントです。

強制イベントなんだって！　絶対に起こるんだって！　なにそれ！

「ヒロインさん、男爵の養女になって入学試験受けていたから、一年目から入ってくるよね」

「シン様、入試の成績トップでしたでしょう。新入生代表で挨拶させられますよ」

コレット家別邸で、セレアと入学式対策作戦会議でのセレアの絶望的なツッコミ。うああああ。回避不可かい！　つまりフローラ学園の入学式で、僕が演壇で挨拶していると、ヒロインさんが倒れると。トップ入学なんてするもんじゃなかったですね。

「……そんなの無視しちゃえばいいような気がしてきた」

「いやシン様はそれ、お助けしちゃうでしょう……」

「だよねえ……」

挨拶中、目の前で女の子がドタッと倒れても知らん顔して挨拶を続ける王子。無理ですね。そういうわけにいかんでしょ。

「これ体育館で全員立ってやるからダメなんだと思うんです。椅子並べて座ってもらえれば、ヒロインさんも倒れることもないんでしょうけど」

「いや……それじゃ椅子用意するのも並べるのも大変だよ」

「あっそうか。パイプ椅子とかないですもんねこの世界」

「パイプ椅子ってなに?」

「あの、鉄パイプを曲げて作られている折り畳みのできる椅子で……」

「それ重そう」

「薄い鉄パイプを使っていますので軽いんです」

「いいなそれ、それも日本で使われてたやつ?　あとでアイデア図にしてよ」

「いいですよ」

こんなふうに何気ない会話から、新しい道具のヒントとかもらえることがたくさんあって、それも僕がセレアと話をしていて面白いことの一つですね。

「とにかく椅子はすぐに用意できないし、入学式は講堂でやるようにしようか」

「それダメだと思いますよ。王子様を学生のみんなが見下ろすことになります。学園が許可しません」

「気にしないよ僕はそんなこと……」

さっそく学園側に手を回しまして、入学式は講堂で行うように決めました。

学園側には変に思われちゃいましたけどね、「式の間ずっと立たされるほうがひどいよ」と言って納得してもらいました。病弱王子ってことになっちゃったかもしれません。


そんなこんなでついに入学式を迎えました。

真新しい制服に腕を通し、セレアをエスコートして馬車に乗せ、二人で学園の正門に乗りつけます。

残念ながら途中から雨になりましてね、御者さんから傘を受け取り、二人で相合傘で学園に入ります。期せずして二人のラブラブっぷりをアピールすることになりましたか。

あちこちで「王子様だ……」「殿下よ」「婚約者のセレア様だ」「素敵ねえ……」と声がします。地方貴族の子息子女の皆さんも学園に来ますから、初めて見る人もいるかもしれません。珍しいよね。

多くの傘たちと並んで、入場受付を済ませ、講堂に入ります。

入学式が始まり、学園長、来賓挨拶。

「今年は過去最多、百二十名もの新入生を迎えることができ……」と学園長ニコニコです。

貴族の同年代の子息子女だけ集めて学園が一つ作れるほど、貴族がいっぱいいるわけじゃありません。そんなにいたら、石を投げたら貴族に当たっちゃうじゃないですか。実は半分は騎士の家系の子息子女です。騎士は国軍の兵士ですから断然数が多いです。男爵もそうですが、一代限りの氏族ということになります。それでも貴族と同等の扱いで騎士の子息子女もこの学園に入学させることができます。

今年の新入生は通常より人数が二割増しなんですよ。王子が誕生した年は貴族の子の数が増えるんだそうです。

王妃ともなれば懐妊しただけで「懐妊パーティー」とかやりますから、王子とお近づきになりたい、息子を同級生にしたい、できれば娘を王子に嫁がせたい。そんな貴族の皆さんが王妃ご懐妊の知らせを聞いて、あわててお盛んに子作りなさるそうで。

そのせいで今年の平民の入学枠は０人。

なるほどね。二年生になってからの転入ではなく、一年目から入学するために、ヒロインさんが男爵さんの養女にもぐりこもうとするわけですわ。競争率高いですもんね。

在校生代表生徒会長の挨拶に続き、いよいよ僕の番です。

「新入生代表、シン・ミッドランド！」

「はい」

名前を呼ばれて、講壇に上がります。講堂ですから、新入生全員が僕を見下ろすことになります。

学園長が講堂で入学式を行うことを渋ったのはこのせいもありますな。そこは押し切りました。

「春うららかな今日、この日……というわけにはいきませんでしたね。残念ながら雨になってしまいましたが。そんな天気にもかかわらず、このような入学式を開いてくださり、学園長、来賓の方々、生徒会長からも入学を祝う温かいお言葉をいただき、新入生を代表して感謝を申し上げます」

かちゃり、講堂の一番上の扉がこっそり開いて、遅刻した生徒さんが最後部から入ってきました。

あの子です！　ヒロインさん！　見かけないと思ったら、遅刻していましたか。セレアいわく「ドジっ子天然キャラ」とかいったたっけ。「天然」の意味が今一つわかりませんでしたが、こうして遅刻するところを見るに、今後もいろいろやらかすつもりなのでしょう。

さて、一通りそれらしい挨拶を無難にこなしてから、僕はここで一つ、ぶち上げなければなりません。前からずっと考えていたことです。

「フローラ学園は、今、存亡の危機にあります」

……講堂内、しんとしてしまいましたね……。

「ご承知と思いますが、今国内では教育水準を上げる運動が盛んです。この国の最高学府であり、研究機関でもある国立学院の充実だけでなく、平民教育にも力が入れられ、その教育レベルは年々向上しています。そのためこのフローラ学園も単に貴族子息子女が学ぶ学園として、それ以外の特色のない凡庸な学校になりつつあります」

ヒロインさん、びしょ濡《ぬ》れじゃないですか！　雨の中、傘もなく歩いてきたのですか？　途中で降り出したのかな？　まったく不注意な人ですね！

「今日は残念なことに雨でした。みなさんは学園の門をくぐる時、上に書かれた『この門をくぐる者は全ての身分を捨てよ』という国王陛下のお言葉を目にしましたか？　傘に隠れて見上げるのを忘れてしまった人もいると思いますが、これからみなさんはあれを毎日、目にしながらこの学園の門をくぐるわけです」

ヒロインさん、講堂の後ろをウロウロしていましたが、いまさら座る席もないようで、最後尾で立ち見を決め込んだようです。くそっせっかく会場を講堂に変更して生徒全員を座らせるように手配したのに……。すごいなゲームの強制力。

「あの陛下のお言葉は建前ではないのです。学問の前に全ての人間は平等であれ、共に学び、共に競えという意味があります。もちろん僕らは公《おおやけ》の場では貴族たらしくあらねばなりませんが、学生でいる間ぐらいは身分に縛られず、よき友人であり、よきライバルたれという意味もあります」

新入生が顔を見合わせます。学園長はいまさらのようにうんうんと頷いております。同じような危惧を感じてはいたのでしょう。

「フローラ学園から国立学院への進学者は年々減っています。逆に平民学校からの進学生のほうが今は多くなっています。学院には進学せず、すぐに領地経営に戻る貴族子息子女のみなさんが多いとはいっても、学力でとっくに民間私立学校に逆転されているのです。今後、さらに国策で平民学校の充実に力が入れられ、このままではフローラ学園は国から存在意義を問われ、見捨てられることになるでしょう。この学園は、貴族のご子息、ご令嬢の社交の場。礼儀作法、社交辞令におべんちゃらのマナー教室、階級社会の上下関係を叩き込む場になり下がってしまいます。もう、そうなっているのかもしれませんが」

少し会場がざわざわしてきました。でも言いすぎだとは思いませんよ。なんてったって僕がトップ入学できる程度なわけですから。つまりこの学園には僕の側近《ブレーン》になる人材がいないってことです。これは大変恐ろしいことですよ？

僕より頭悪いやつしかいない国で国政なんて運営できませんて。大臣だったら国王に意見できるぐらい頭よくないと務まりませんでしょう？　当然です。国王陛下が重用する大臣たちだって今は半分が民間出身です。

「貴族の財産は領地や爵位ではありません。既得権益に汲々《きゅうきゅう》とする貴族では国益を守っていくことができなくなります。国民の信頼と尊敬だけが僕ら貴族の財産なのです。それを今一度意識し、認識を改めていただきたいと思います。ここで学ぶことは全て国民のため、臣民のため。民たちを教え導き、臣民の命と財産を守るという貴族本来の義務をもう一度、思い出してください」

ヒロインさん、ちょっとフラフラしています。雨にあたって体調が悪くなりましたか……。

「身分の壁に阻まれて、有能な人材を見失うことのないように、身分に驕《おご》り、自身を高めることを怠らぬように、僕も陛下の意向に従い、この学園では身分を忘れることにします。僕のことはシンでも、シン君でも、シンさんでもなんでも好きなようにお呼びください。『王子様』や『殿下』はご遠慮願います。共に学び、共に競いましょう」

会場の子息子女の目がちょっと変わってきましたね。

「そして、願わくは身分を超えて生涯、僕の友人になってくれる人が現れることを希望します」

どたっ！

ヒロインさんが倒れました！　ちょ、まだしゃべりたいことがあるのに！

えええええ！　なんでみんな気づかないの？　誰か助けてやってよ！　先生でも生徒でも誰でもいいよ！　すごいなゲームの強制力。これやっぱり僕が助ける流れかい！

「ま、まあ……そういうわけで、身分の区別なく仲良くやりましょう。いいですね。以上、ありがとうございました！」

僕はそのまま大急ぎで頭を下げて講壇を駆け下ります。

会場ざわざわしております。ガッチガチの貴族社会の典型みたいになった俗物学園に僕が投げ込んだ爆弾に、衝撃を受けているようです。

「セレア！」

僕が声をかけて講堂の通路を駆け上がるのを見て、セレアが立ち上がります！

「担架《たんか》！」

あわててセレアが講堂の壁に設置されていた担架を抱えて持ってきます。

セレアの提唱で今は担架がどの施設にも配置されているんですよね。それまでこの国には担架ってやつがありませんでした。今では国軍にも全面的に配備されて国民にもその使い方を知らない人がいませんよ。

「先生！」

「はい！」

どこにいたんだか知りませんけど、なぜか現れた礼服のスーツ姿の、僕の護衛のシュバルツが駆け寄ります。先生たちと一緒にしれっと教員席に座っていたようですね。さすがです。

「乗せるよ、はい、いちにっさん！」

「よいしょお！」

二人で倒れたヒロインさん、リンス嬢を担架に乗せます。

「そっち持って。セレア、一緒に来て」

講堂から笑いが漏れていたのは、まあいいでしょう。しょうがないです。本来だったら僕が抱き上げて、お姫様ダッコで保健室まで運ぶっていう胸キュンイベントが、ヒロインが担架で運ばれて退場という、ロマンもへったくれもない、ものすごくおマヌケなイベントになってしまいました……。ざまあです。

シュバルツとえっほえっほと保健室まで担架を運びます。シュバルツは騎士の家系でもちろんこの学園の卒業生。保健室の場所をすでに知ってました。

……会場を体育館から講堂に変えたせいか、けっこうな距離なんですけど。僕、これお姫様ダッコして女の子を運ぶって、いくらなんでも無理なんじゃないかなあ。ゲーム設定、厳しいです。

「殿方は出ていってください！」

セレアと、保健室の先生に追い出されてしまいました。

ヒロインさんびしょ濡れでしたもんね。着替えさせないといけませんね。

「（なんで悪役令嬢がいるの……）」

フラフラのヒロインさんがぼそっとつぶやくのを、僕はしっかり、聞き逃しませんでしたけど。

うん、こいつやべーやつだ。決定です。

セレアもすぐ保健室から出てきました。

「あとはいいから先生が式に戻りなさいって」

「そうだった。途中で抜け出しちゃったよ」

二人で廊下を早歩きします。ロングスカートの制服のセレア、走らせるわけにいきません。

「あいつ、セレアのこと見て、『なんで悪役令嬢がいるの』ってつぶやいたよ！」

「決まりですね……。しかしこれだけ対策しても、ゲームのイベントって起きちゃうんですね」

「なんかすごいね。これからも気をつけないと」

うん、でもどうってことないや。今後も関わらないようにしていきましょう。

講堂に向かうと、新入生のみんながぞろぞろと歩いてきます。

「あれ？　もう入学式終わり？」

「はい殿下、教室にクラス分けが貼ってあるから戻るようにと」

女子生徒が一人答えてくれます。

「ありがとう。でも今日から殿下はやめて」

通り過ぎる女子がみなさん、いちいち立ち止まってスカートをつまんで会釈をしてくれます。男子もちょっと頭を下げていきます。

「ちょっと待って！　みんな聞いて！」

僕が声を上げると、廊下で新入生がみんな止まりました。

「お願いだからそれもうやめてよ。殿下ってのも王子ってのもやめて。シンでいいからさ。会釈もいらないし、挨拶も必要ない。そんなこと廊下でいちいちされたら僕、うかつにトイレにも行けないよ。頼むよ！」

みんな、笑ってくれました。

こんなことから始めなきゃいけないなんて大変ですね。まいります……。

教室の前に行くとクラス編成表が貼り出されていました。

「よお」

「ジャック、ひさしぶり」

「セレアさんもひさしぶり。俺らみんな同じクラスだよ」

そう言ってジャックが表を指さして笑いますね。セレアもシルファさんも同じＡクラスです。

新入生百二十名。二十四名ずつに分けて五クラスになっていまして、大注目のヒロインさんですが……。

Ｂクラスでした。いやあよかった同じクラスでなくて。関わらなくてもよさそうですし。いや目の届かないところに置いておくのもある意味ちょっと不安ですか。まあなるようになるでしょう。

「二人がいてくれて安心だよ。これからよろしく頼むよ」

「ああ、しかし名演説だったよ。アレはよかったな！　俺、学園ではシンのこと、『殿下』とか呼ばないといけないかと思ってたよ……」

「僕だって嫌だよジャックからそんな呼ばれ方するの」

「だな」

はっはっはって二人で笑います。

「シン様、ご機嫌よろしゅう」

シルファさんもスカートをつまんで、挨拶してくれます。

「ひさしぶり。でも『シン様』もその挨拶も学園ではそろそろやめてほしいなあ」

「私はこのほうが楽ですわ」

「ジャックにもいちいちやってんの？」

「二人の時はやりません」

「じゃあ僕にもそれで頼むよ」

「セレアさん！　同じクラス！」

「同じクラスですね！」

シルファさんとセレアが肩を抱き合って喜んでます。そのやり取りをクラスメイトが驚愕《きょうがく》の表情で見ていますね。僕はクラス全員と、こういう付き合いをしたいんです。それが伝わればいいんですが。

僕の席は教室の真ん中。セレアは窓際の前。シルファさんは窓際の後ろ。ジャックは僕の後ろ。バラバラになっちゃった。

担任の先生は中年女性でした。ゲームだったら今頃ヒロインさんのBクラスでは、研究の成果が出ずに国立学院を追い出されて生物教師をやっているスパルーツさんが担任するんですよ。でも僕がスパルーツさんを支援してますんで、今でも学院で研究を続けていて教師にはなりませんでした。ヒロインさんとの出会いイベントを一つ潰しちゃったってことになりますか。ちょっとズルいよね僕。

先生はきわめて無難に、今後のことを説明してくれます。

僕らの一日のスケジュールですが、朝にホームルームがあり、連絡事項などを伝えます。生徒は全員この教室になります。午前中はこの教室で必修科目を受け、午後は選択科目で、自分の受けたい授業のある教室に移動する移動教室です。それが終わった人、授業がない人はそれぞれ勝手に帰ることになります。

「遅れて申し訳ありません！」

がらっと教室の戸が開けられて、運動着に着替えたヒロインさん登場！

あーもう、どうしてヒロインってこう無自覚に目立つことになるんでしょうね！　アンタ隣のクラスでしょうが！　なんで教室間違えて入ってくるんですか！

「おや、まだ生徒がいたのですか……。あなた、お名前は？」

先生がギロッとにらみます。

「リンス・ブローバーです！　みなさん、よろしくお願いしまーす！」

さっそく養女入りした男爵家の家名を名乗り、クラスのみんなにお辞儀します。

「……あなた、隣のクラスですよ？　Bクラスです」

先生が学生名簿をめくって、冷静に答えます。

「え、えええ！　いっけなーい！　間違えちゃった！　てへっ」

そう言ってこつんと自分の頭を拳で叩き、ぺろって舌を出します。

なんでしょう、猛烈にイラっとしました。クラスの男子はぽわわーんと、女子は半目になっております が。

「あ―――！」

突然、大声を出して、僕を指さしますね！　うわああああ関わってくるなよ！　関係者だと思われたくないよ！

「さっき、私を運んでくれた人！」

僕の机の前に駆けてきて、ぺこりと頭を下げます。

「さっきは保健室に運んでくれて、ありがとうございました！」

君、気絶してたんじゃなかったっけ。なんでわかるのそんなこと。

「抱っこして運んでくれるなんて……。紳士ですね、嬉しかったです。私、リンス・ブローバー。お名前お聞かせいただいてよろしいですか？」

「名乗るほどの者じゃございません……。抱っこはしてないよ。担架で運んだだけ」

「たんか？」

「担架」

「……」

クラスから失笑が漏れますね。いやあアレはマヌケだったよ。

「リンスさん？」

先生、もう青筋立てて教卓を指でトントントンと叩いています。

「早く自分の教室に戻りなさい」

有無を言わさぬ物言いに、さすがにマズいと思ったのか、クラスを見回して、退散していきます。

「失礼しました！　あ、あの、ありがとうございました！　またあとで！」

教室の戸に駆けていって、ぴょこんと頭を下げて、とびっきりの笑顔で僕にちょっと小さく手を振って、戸を閉めます。

……なんだったの今の。

男子生徒はうわっぁんなかわいい娘《こ》初めて見た！　って顔してますけど、女子は全員半目です……。

一つ一つの仕草のあざとさは隠しようがないようで……。

「……なにあの子、殿下のことも知らないの？」

「あり得ないんだけど……」

さっそく女子に嫌われまくってしまったようです。っていうか、誰かあのピンクの髪突っ込んでよ。

そっちのほうがあり得ないでしょあんな髪の毛の色。

まあそんなわけで引き続き、科目の説明ですね。今日は入学式だけですので、この説明が終わったら解散です。クラスの半分ぐらいが帰ったところで、ジャックが僕の前の席に後ろを向いてどかっと座ります。

「シン、部活なにやる？」

「……やらないよ。ヒマないし、どこに入ってもモメそうだし」

「忙しいな王子。俺は剣術部だな」

「はいはい」

「この選択科目どうしようかねえ……」

そう言ってぼりぼり頭を掻《か》きますねジャック。

「シルファさんと相談しなよ。ジャックにお勧めはダンスだね」

「うえ――――」

「苦手なものこそ頑張るべき」

「真面目だねえシン」

セレアとシルファさんも来ました。それを合図のように残っていたクラスの半分ぐらいが一斉に僕らの周りを取り囲みます。

「シン様はなにを受けられるのですか⁉」

「シン様？　音楽にご興味はおありでしょうか！」

「シン様、あの、ぜひダンスの授業をごいっしょに……」

女子はともかく、男子もさあ、そう遠くから取り巻くんじゃなくて、気軽に声かけてほしいです。

「お願いだから『シン様』はやめてよ。やりにくかったら『シン君』でもいいからさ。頼むよ」

「……」

みんな固まっちゃいましたね。

「セレアはどうする？」

そう聞くと、口の前に指を一本立ててにっこりと笑います。そうだね。内緒にしておいたほうがいいね。

「セレア様⁉」

「あの、セレア様はどのように……」

「ご興味のあるものがあったらお教えください！」

「あの、みなさんも私に『セレア様』はやめていただきたいです。私もシン様と同じで、お友達の方々にそのような呼ばれ方はされたくありませんし……」

「セレアさんがシンを、『シン様』って呼ぶのはいいんかい」

ジャックが突っ込んできます。うん、いいツッコミ。欲しかったツッコミです。

「当たり前でしょ。セレアは僕の婚約者で、友達ってわけじゃないんだから。はいはいはい、そんなわけで今後、僕を『様』付けで呼ぶ人を僕は友達だとは思いませんってことで。よろしくねみんな」

セレアにシン君って呼んでって言ってもいまさらやってくれないでしょう。だったら、最初っから周りのみんなに、それはそういうもんなんだってこうやって周知させちゃったほうがいいです。

みんな、上品に笑ってくれましたね。よかった。

「あ————！　いた————！」

この空気読まないキンキラ声はアレですな……。入学イベント、まだ続きがあるんかい。

僕を取り囲んだクラスメイトをかき分けてあのピンク頭が顔を出します。入学初日からよそのクラスにずんずん入ってくるこの度胸すごいですね。なかなかできることじゃないと思いますよ？

「さっきは失礼しました！　どうしてもお礼が言いたくて」

「どういたしまして。それはもういいよ……。気をつけて帰ってね」

「ありがとうございました！　私ったら、雨が降りそうなのに傘も持ってなくて、びしょ濡れになっちゃって、それで倒れちゃったみたいで、本当に申し訳ありませんでした」

聞いてもいないことをしゃべりまくるこの押しの強さも健在です。

「ものすごい回復力だね。すぐ医者に診てもらったほうがいいよ。その免疫力いろいろ調べてくれると思うよ。じゃ、気をつけてね」

「あの……。これもなにかの縁ですし、ぜひお名前を」

「名乗るほどの者じゃございません……。ではご機嫌よろしゅう」

周りの女子がさすがにあきれます。

「あなた、シン様を知らないの？」

「様やめて」

「このお方はね、もったいなくもこの国の第一王子、シン・ミッドランド様よ。そんなことも知らない人が学園に入学してくるなんて信じられないわ！」

ご令嬢の一人がそんな紹介をしてくれますけど、いろいろ言ったあとですんで僕のほうが恥ずかしくなっちゃいます。

「だからそういうのやめて。僕は気にしないからさ」

「王子様だったんですか！　知りませんで、失礼いたしました！」

目を見開いてびっくりしたあと、ぴょこんと頭を下げて最敬礼。絶対知ってたくせに……。

「ダメだなあ私……。いっつもドジばっかりで、天然なんです……」

しゅんってしちゃうヒロインさんに、女子が全員、うえーって顔していますよ。なんですか天然って。セレアも天然キャラがどうとか言っていましたけど……。

「とにかく学園内ではそういうことでお願いします。さ、セレア、帰ろう」

「はい」

「セレア……、セレア・コレット……様？」

「セレアと申します。改めてセレアを見てびっくりします。

ヒロインさん、様付けはいりませんのでセレアとお呼びください」

セレアが頭を下げてお辞儀をします。

顔を上げたセレアを穴が開くほどじろじろと見て驚愕していますね。君の最大のライバルになる悪役令嬢ですが、保健室で会ってたんじゃないんですかね？　まあ気絶してたからそうちゃんと見ていたりはしてないか。

「……縦ロールじゃない！」

ごめん。ちょっとなに言ってんのかわかんない。


なんだかんだでやっと解放されて二人で迎えの馬車に乗ります。

「いやあすごかったねヒロインさん……」

「はい……。入学イベントも一通り全部やりましたし、お約束にてへぺろに自称天然発言。たった一日で全部ぶち込んできましたね。手ごわいです」

「ねえセレア、『天然』ってなに?」

「うーん、説明が難しいです。本来『天然ボケ』っていうのが元で、普通の人と価値観がズレている、場違いな発言しちゃう、物事の優先順位がおかしい人のことを言うんですが……」

「それを自分で言う人をどう思う?」

怪談劇《ホラー》みたいなすごい顔して胸の前でバッテン作ってます。セレアのやることは時々元ネタが僕には不明なので困ります。

「あり得ませんね。本物の『天然』ってのは、自分では自分が天然だってことは絶対にわかりませんから」

……なんだかなあ。要するに自分をかわいく見せるあざとい演技ってことですか。

「てへぺろってなに?」

セレアがてへって目をぎゅっとつぶって、自分の頭をこつんとやり、舌をぺろっと出しました。

ものすごい破壊力です「てへぺろ」。ちょっと信じられませんでしたね、この僕がセレアを叩きたくなるなんて。

2章　学園の攻略対象、登場！

改めて講義の内容を見ますと、選択科目多いです。全体の半分が選択科目。音楽、ダンス、作法、詩文、礼文、哲学など、貴族らしい雅《みやび》な科目も多く、また、貴族子息子女のみなさんにはそういう科目が人気なようです。男子に人気はもちろん武術ってことになるかな。まあ生徒の半数が騎士の家系ですから。

武術はともかく、雅なやつについては僕もセレアもそんなものはとっくにマスターしておりますので、科学、生理学、農学、工学、経済学などの実用科目のほうが興味ありますね。こういうのをおろそかにして雅なことばっかりやってるから私学の平民学校にも学力で抜かれちゃうんですよ。領主の氏族として将来は領地に戻って領地経営するんだったら、なにが大事かよく見極めてほしいです。

これをうまく講義時間を割り振って埋めていくのはなかなか難しいパズルです。授業を受けてみたかった先生の名前などもありますので、悩ましいですね。一通り、一応三年間の授業の時間割を組んでみました。ぎっしりですよ。遊んでる時間なんかありません。僕ら国民の血税で学んでいるんですから。王子がサボってたらどうします。

あとはセレアと相談してみましょう。一緒に受けられる授業があればできるだけ一緒に受けたいですもんね。

朝、馬車で王宮を出て、王都のコレット家別邸までセレアを迎えに行きます。その後は、二人で並んで歩いて学園まで向かいます。セレアの護衛は僕。僕の護衛はどっかから見ているはずのシュバルツです。

初日のあの王侯貴族の子息子女たちの馬車の列、ウンザリしました！　人生でものすごく無駄な時間を使っているような気がしてしょうがなかったですね！

幸い、コレット公爵別邸は学園から目と鼻の距離。歩いたほうが断然早いです。もちろんどこからかシュバルツがこっそり護衛してくれているわけですから、なにも心配ありません。

学園横の学生寮の前を通り過ぎると、「おうい！」って声がして、後ろからジャックが追いかけてきました。僕らも立ち止まって、あとから来るシルファさんを待ちます。

「ようシン、おはよう」

「おはよ。どうしたの？」

「いやお前ら歩いてるの見えたからさ」

王子とその婚約者が、学園までの歩道を歩いてたらそりゃびっくりかも。

「おはようございます！」

「おはようございます」

セレアとシルファさんも挨拶をかわしています。街道に延々と馬車の列が並んでいます。

「この馬車の列が学園まで続いているんだからな、ウンザリだな！」

「王都に別邸を持っている子息子女は馬車を正門に乗りつけるのがステータスなんだよ」

「そうそう。シンでさえこうやって歩いてんだから見栄張って正門に乗りつけるようなことやらんくてもいいだろうに……。バカらしい」

学園近隣でも毎朝の渋滞で苦情が出ているんですよ。改めようがないんで、事実上ほうっておきになっています。なんとかしなきゃいけないかなあ。

「……スクールバスとか、ないですもんね」

セレアの前世知識キタ――――！

「なにそれ？」

「二～三十人ぐらい乗れる乗り物で、各家を回って、子供たちをまとめて学校まで送り迎えしてくれるんです」

「いいなあそれ。導入できないかな」

「貴族は見栄っ張りだからなあ……。当分は無理なんじゃね？」

ジャックは田舎貴族なせいでしょうか。そういう体面は気にしないようです。

「しかし、お二人さんは学生寮でも一緒かあ。ラブラブだねえ」

「お前らには言われたくねえよ。いや、そういうのとは違うからな！　シルファはうちの領の保護領に当たるからさ、仲良くすんのは当たり前だしさ、なに言ってんのお前。わかってて言うなよそういうこと！」

「はいはい」

笑いたくなりますねえ。ジャックにもそういうとこがあるんですね。シルファさんもてれってれです。

シルファさんは男爵令嬢です。元家である子爵領から領地を分けてもらって家臣の男爵さんが小さな領地を治めているわけですが、男爵は世襲しませんので、現当主の男爵没後は、その領地は元家に当たるジャックのワイルズ子爵領に戻ります。だからこそ、シルファさんがジャックの婚約者になったということになりますか。将来を見据えてそういう政略結婚になっています。

もちろんこういうのはトラブルになりやすいのですが、ジャックとシルファさんがとても仲良くラブラブならば、それぞれの領民も安心して、また元の鞘《さや》に納まることができるってもんです。政略的にも二人は良好な関係を結ぶポーズが必要なんですが、ポーズでなく、本当に相思相愛なら言うことなしです。そっちのほうがいいに決まってていますよね。

ヒロインさんの邪魔が入らなければ、ですが。まあそっちはもう心配する必要はないでしょう。だってシルファさんの胸、すごいことになっていますから。本当に十五歳ですかシルファさん……。

並んだ馬車の横を歩いていく僕らを、馬車の中から貴族の子息子女のみなさんが驚愕《きょうがく》の表情で見ています。王子が馬車に乗らずに歩いてる！　いちいち驚かれるんだから面倒です。

「お前は王子ってだけで誰にも負けないプレステージがすでにあるの。他のことがどうでもいいぐらいにな。ありとあらゆる場面で張り合わなきゃならない他の貴族とは余裕が違うってこと」

ジャックはそう言いますけどね、そういうもんですかねえ。僕って昔からそういうの気にしたことがないですけど。

正門でヒロインさんが待ち構えています！　ぎゃあああああ。朝っぱらからイベントかい！

「おはようございます！　王子様！」

「学園では『王子』禁止」

「まだ門くぐってませんし」

そう言って門の上を指さします。

『この門をくぐる者は全ての身分を捨てよ』

国王陛下のお言葉が書いてあります。くそう、やるなヒロイン。確かにここは門の外です。

「だったらさっさとくぐろう」

「あーん！　まってえ！」

なんで待つ必要がある？　僕ら四人ともさっさとくぐっちゃいます。

「シン様、お友達の方ですか!?」

「『様』もやめて。以後禁止」

「私にもご紹介してください！」

ジャック目当てか。ジャックも攻略対象の一人でしたよね確か。

「それは無理」

「えー、なんでえ？」

「だって僕、君が誰だか知らないし」

「えええええええ！」

ヒロインさんがぷんって膨れます。なんなんだ。

「何度も名乗ってるじゃないですか？」

「いやそれはない。現に僕、君のこと知らないし」

「よーく思い出してみてくださいよ！」

「いくら思い出しても記憶にないよ」

なんで勝手に名乗って勝手に覚えてもらってるって思うわけ？　そういうの自意識過剰じゃないのかな。

「リンスです。リ・ン・ス！　リンス・ブローバーですってば！」

「はいはい」

強いなー。これぐらいでないとヒロインは務まらないってことかもしれませんね。

「シン様、私のこと、男爵の娘だからって、わざと無視してません？」

「君、男爵のご令嬢でしたか。初耳です」

最近養女になったんだっけ。情報は持っていましたけど、知らんぷりです。

「学園では差別しないって言ってませんでしたっけ？」

「差別なんかしていませんよ。ほら、こちらのシルファさんも男爵令嬢ですけど、僕の大切なよき友人です。セレアの大親友さんで、幼なじみですよ」

「初めまして、シルファと申します」

嬉《うれ》しそうにシルファさんがお辞儀をします。

「初めまして、セレアと申します」

セレアも微笑《ほほえ》んでお辞儀します。「初めまして」が皮肉が利いていていいですね。やるなセレア。

「お二人とも、昨日放課後、会ってますよ？」

「そうですか、失礼いたしました」

「待って待って待って。なんでフライドチキンの店員さんがこの学園来てんの？」

ジャック、いきなり思い出して爆弾発言します。あっはっは、どんどんやってください！

「思い出してくれましたか！　実は私、みなさんご一緒してる時に一度会ってるんですよね！」

……なんでフライドチキンの店員さんが来る客いちいち覚えてるの？　そっちのほうがおかしいよ。

「あれからブローバー男爵様に養女にしてもらいまして、この学園に通えることになったんです！」

へーそう。知っていましたけど。自分のこと勝手にしゃべりまくるこの茶番にいつまで付き合わないといけないんですか。

「やあっ！　シン・ミッドランドくん！」

いきなり名を呼ばれて、振り返ります。助かった……。

金髪のロングヘアの男が微笑んでいます。美男子ですよ。気持ち悪いぐらい。前言撤回。助からなかった……。これはさらなるやっかいごとの予感がします。

きゃあああ――――って女子のみなさんから歓声が上がります。

「そう、きみはぼくのことを覚えているね！」

……覚えていますよ。ダンスパーティーなんかで何度か見かけたことがあります。

紹介されたことはないんで、名前は知らないってことにしておきましょうか。

「きみとこの学園で一緒になることができてよかった。昨日のきみの演説、実に見事でした！」

そう言ってぱちぱちぱちと拍手します。キンキラキンのアクセサリーで飾られた制服が光ります。

せっかくの制服が趣味の悪いゴテゴテの飾りで台無しですよ。校則違反やめてくださいって。

「今まではきみは王子、ぼくは伯爵子息、しかしこれからは対等に競える学友というわけです！　あの演説で、きみは自らぼくと対等となり、今後はよきライバルとしてこのぼくとレディたちの人気を競うことになると認めたわけだね」

なんでそうなる。

「学園一の紳士は誰か。さあ、共に磨き合いましょう！　至高なる美の頂へたどり着くのはどちらか！　楽しみにしているよ！」

そう言って、くるっと回ってキラッと光ってから、学園へ歩いていきます。女の子たちがキャーキャー言いながら追いかけていきますね。なんなのあれ。

「誰だっけ」

「(ピカール・バルジャン伯爵子息ですよ……)」

セレアがこっそり答えてくれます。あーあーあー、いたっけ。攻略対象。おバカ担当。めっちゃ顔がよくナルシストで美意識が高く、美しいものを愛し、そうでないものを毛嫌いし、女性（ただし美人に限る）にはとことん優しいフェミニスト。

僕もね、学園に入学する前にできるだけ攻略対象たちとは、一通り顔見知りになっておこうと思ったこともありますが、あきらめた人もいます。その一人がアイツですね。パーティーで一目見ただけで、あー無理だと思いました。とても友達になれそうもありません。女の子いっぱい引き連れていましたから。

「きゃあああ————！　本物のピカール様ぁ！」

なんでテンション上がるのヒロインさん。攻略対象が目の前に現れてさっそく標的にしますかそうですか。

「ピカールっていうのあいつ？」

ジャックがあきれてますね。

「そういや名乗らなかったね」

「ピカール様にライバル宣言されるなんて、さすが王子様！」

そういう予備知識はあるって自白しちゃっていますよヒロインさん。

「名乗るまでもないと思ってんのかね。エラい人の坊ちゃんは違うねえ……」

ジャックが肩をすくめます。

「どうして、どいつもこいつも名乗らないんだろうねえ」

「私はちゃんと名乗りましたよ！」

「はいはい」

なんでそこでキレるのヒロインさんてば。

「じゃあ失礼します」

「え？」

「教室着いたし」

はい、Ａ組の前です。

「あ……」

かまわず教室に入っちゃいます。

「なんなのあの子。シンが保健室に連れてったってとこまでは知ってるけど」

さすがのジャックも疑問顔です。

「さあ」

そのうち聞かなくても勝手に向こうでいろいろ教えてくれるんじゃないかな。

「ジャック、あのフライドチキンの子、どう思った？」

「うーん……」

ジャックがちょっと考え込みますね。

「犬」

「それだ！」

うまいこと言うねえジャックは！

「『フライドチキンの子』はやめましょうよシン様……。それに犬も」

それもそうだねセレア。他の人に聞かれたらえらいことになりますわ……。

☆彡

二週間もすると学園もようやく落ち着いてきたような気がします。ほら、こうして廊下を歩いていても、僕にいちいち会釈をするような人はほとんどいなくなりました。上級生にはまだ行き渡ってはいないようで、その時はこちらも挨拶を返し、立ち話をし、辛抱強く一人一人に、「挨拶も会釈も必要ないです。王子呼びも殿下呼びもやめて、シンで頼みます」と、他の方にも説明してくれるようにお願いしました。おかげでこうしてトイレに行く時も、いちいち貴族らしいもったいぶったやり取りを十歩、歩くごとにしなくてもよくなってきているわけで。ありがたいです。

「あ、王子さまぁ！」

いつまでたっても、それをまったく理解してくれないヤツもいるわけでして……。

「こんにちは！　どうですか学園は⁉」

いやヒロインの君が僕にどうですかって聞いてくるのもねえ……。それ逆なんじゃないかなぁ。

「辛抱強く繰り返し説明をしたおかげで、僕のクラスメイトはやっと僕のことを『王子様』なんて呼ばないようになってくれました。その点は、ありがたいと思っております」

「せっかく王子様と知り合いになれたのに、王子様と呼べないなんて残念ですよ」

「せっかく学園で同じ授業を受けている学友なのに、王子様としか呼んでもらえず、トイレに行くにも十歩歩くごとにお辞儀されて漏らしそうになる僕の身にもなってほしいです」

そこんとこ、もうちょっと理解してほしいですねえ僕は。

「じゃあシン様で」

「様もやめて」

「じゃあシン君でいいの？」

「いいですけど、知り合いになれたという点は同意できません。僕、君のこと誰だか知らないし」

さすがに彼女があきれます。

「リンスです。リ・ン・ス！　リンス・ブローバー。いつになったら覚えてくれるんですか！」

「長いよ。舌噛《か》みそうだし。メモが必要かな」

「どこがですかっ」

ぷんすかして地団駄踏むヒロインさん。かわいいですね。でもその程度のかわいさでセレアに張り合おうなんて無謀だと思いますが。まさに犬的なかわいさ。恋愛感情というやつがまったく湧きません。ジャック、言い得て妙だよ。

廊下を歩く女生徒たちも顔をしかめたり、笑ったりしています。いいかげん放してほしいです。

「もう知りません！」

そう言ってくるっと背中を見せて……。

「あ、ちょっと待って」

廊下を歩く女生徒がちょっと笑ってたり、顔をしかめたりしてた理由がわかりました。

彼女の背中、紙がピンの横挿しでとめてあります。

『私は元平民です』

……なんてこと。もうすでにこんないじめを受けているわけですか。だいぶ女生徒の反感を買っていたようですけど、さっそくこのような形でいじめが現実になるとはね。やり方が幼稚ですけど。

「動かないで」

ピンを抜いて、紙をくしゃっと丸めます。

「え、なんですか?」

「なんでもないよ……」

「ちょっと待て――――!」

いきなり呼ばれます。

「貴様! 今彼女になにをした!」

見ると、僕より背が高くて、がっしりした男前です。

「別になにも」

「ウソをつけ! 今彼女の背中に触れただろ!」

「ゴミがついていたから取ってあげただけさ」

「……貴様、とぼけるとタメにならんぞ? その手に隠したものを見せろ」

「見ないほうがいいと思うな」

「出せ」

「彼女の名誉のために、出せないね」

「貴様あああ!」

いきなり僕の胸ぐらをつかみ……そうになるのをかわします。

「やめてパウエル様!」

様付けですかヒロインさん。そういうの学園内ではやめようって言ってるのにさあ。

「し、しかし！」

「この人王子！　王子様！　シン・ミッドランド様よ！　知らないの!?」

「え……」

パウエル、愕然としますね。知らんかったんかい。

あー、そういやコイツも攻略対象者の一人でしたか。セレアいわく「脳筋担当」。確か近衛騎士団長の息子、パウエル・ハーガンだったっけ。さっそくヒロインさんとお知り合いになっていましたか。

「何事かな、騒がしい……。おやおやおやおやおや、リンスくん、シンくん、それにパウエルくんも」

踊るような足取りでくるくる回りながらピカール・バルジャン伯爵子息登場。

登場すんなよ……。向こう行っててほしいなあ。コイツも攻略対象です。今の騒ぎで僕の手から落ちた、丸められた紙をピカールが拾います。

「シンくん、これはどういうことだい？」

くしゃくしゃの紙を広げて、顔をしかめます。

「ピカール、コイツ王子って……」

「彼は間違いなくこの国の第一王子にして、ぼくの生涯のライバル、シン・ミッドランドくんだよ。新入生代表で挨拶をしていたでしょう。きみ、入学式で寝ていたのかい？」

勝手にライバル認定やめて。そんな覚えありません。

「じ、自分は所用で入学式に出られなかったもので！　も、申し訳ありません！」

パウエルが僕に頭を下げます。入学式にも出られないってどんな所用だよ。寝てたんだろ。ごまかすなよ。いやそれ以前に自分の国の王子の顔ぐらい知っておこうよ。近衛騎士団の関係者だったらさあ。お役目が務まらないでしょ。ま、今はまだ学生なんだから、別にいいか。

「えーとパウエル君といいましたか。大事に至らなかったということで今回は見逃します。次に学園内で暴力沙汰を起こしたら校則に従い直ちに処分。いいですね」

「は、はい！」

こんな粗暴な男、僕が知るわけありませんね。いくら騎士団長の息子だからって、今までどんなパーティーにもお茶会にも呼ばれたことがないんでしょうね。こんなんじゃあねえ。

「で、これは？」

ピカールが広げた紙を僕に見せます。こうなったらもうしょうがないですね。

「……この子の背中に貼ってあった。僕はそれを外しただけさ」

「嘆かわしい。いったい誰がこんなことを」

まるで悲劇の主人公が嘆くみたいに大げさに、首を横に振り、頭に手を当ててうなだれるピカール。まるでハムレッツですわ。

「それは本当か！」

パウエルが憤ります。

「君、背中がなんかヒラヒラした感じがするのに気づかなかった？」

「いえ、全然気づきませんでした……」

ヒロインさんも驚いています。本当かなあ？　ニブすぎない？　まあセレアも「鈍感主人公」って言ってましたし、あり得るかな？

「王子が今貼ったわけではないんですね？　証拠隠滅のために今隠そうとしたわけではないんですね？」

失礼だなパウエル君。学園の平和と秩序は俺が守る！　ってタイプですかね。

「パウエルくん。学園内ではシンくんを王子と呼ぶことは禁止だよ。シンくん自身がそれを望んでいる。ぼくたちは対等な関係なのさ。覚えておきたまえ」

「はあ……」

僕がいつも言っていることですけど、ピカールに言われるとなんか腹立つのはなんででしょう。まあいいけど。

「学園内では身分を忘れ、みな平等であれ。それを自身で体現しているシンくんがこのような嫌がらせをするわけがない。それに見てくれ。どう見ても女性が書いた字だよ」

「そんなことわかるのか?」

「……君はレディから手紙を受け取ったことがないのかい？　これだから……」

それ以上はやめてあげようよピカール……。

「しかしこいつ……王子……シン様はそれを隠そうとした！」

「僕は彼女の名誉のためと言ったはずですが。それから様はやめて」

「なるほど、紳士にふさわしい行いだ」

ピカールが納得して頷《うなず》きます。

「いいんです……。私が平民だから。元、平民なのは事実ですから……」

ヒロインさんがぐずぐず泣き出します。

涙をハラハラと。それを、制服の袖でごしごしと。泣きじゃくる子供のようですね。これは男どもの保護欲がくすぐられるでしょうね！　僕もこれをセレアにやられた時は結婚まで決心してしまうほど心動かされました。もう五年も前になりますか。僕もセレアも十歳でした。

……セレアは、誰にも見られず一人で泣いていましたけどね。

「君たちは彼女と同じクラス？」

「残念ながらぼくは違うクラスだよ」

「俺も違う」

そりゃ残念。

「じゃ、このことはこれ以上大げさにしないで。騒ぎ立てれば余計に彼女が傷つき、敵を増やします。もう授業が始まる。急いで戻ってください」

「はい」

「賢明だよシンくん。むやみに追及し真実を明かせば、追及されたレディもまた不幸になります。さ、

まいりましょうリンスくん」

そう言って、パウエルが先導し、ピカールがヒロインさんを教室までエスコートします。

「リンスくん、きみは元平民であることを大いに誇ることです。ここには『貴族の血筋だから』ってだけの人間がたくさん入学しています。きみはこの学園に入学する権利を自分の力で勝ち取った。それは他の貴族子息子女の何倍も偉大な成果なのですよ。胸を張りなさい……」

……いいこと言うなぁ。ピカール。君が言っていいことかどうかは、ちょっと議論が必要かもしれませんが。

二人のナイトに守られるように、ヒロインさん、廊下を戻っていきました。学園生活が始まってわずか二週間で、他のクラスの男をすでに二人も攻略済みですか。恐るべしヒロイン、凄《すさ》まじい手腕です。関わりたくなくても関わっちゃうことになるのかなあ……。


あとでコレット家別邸に帰ってから、このことをセレアに聞いてみました。二人で例の「手作り攻略本」をめくってみます。　ありませんね。

「うーん、私も忘れていましたけど、これ、ランダムイベントですね」

「へえー。どうなるの?」

「ゲームの初めのほうで、まだヒロインと知り合っていない攻略対象者がこれを見つけて、ヒロインと知り合いになります。事情を聞いて、泣くヒロインさんを慰めて、胸キュンしちゃうんです」

「じゃあ僕、その機会を奪っちゃったってことになるのかな」

「いえ、もしかしたらシン様がヒロインさんと、まだ知り合っているってフラグが立ってないのかもしれませんよ？　シン様のイベントだったのかも」

「僕、ヒロインさんの名前を覚える気がまったくないもんね……」

「まあ、序盤はこんなふうに攻略キャラと知り合っていくんですけどね、まだ学園始まって二週間でもうここまで進んでいるんですね……」

だったらすごいよ。

「このピン止め事件、犯人はわかるのかな？」

「わかりません。でもこのイベントがシン様だったら、これ悪役令嬢の字に似てるって思って、私への疑惑を膨らませます」

「だったら大丈夫。セレアの字とは全然違ってたよ。僕が見間違えるわけないよ」

「……ありがとうございます。嬉しいです」

セレアが喜んでくれますね。

「私が卒業式に弾劾される時、シン様はその紙を突き出して私に、『これは君が書いたものだろう！』って言うんですよ？」

「ひどいな僕」

「ごめんなさい……。私ゲームをやってる時はヒロインでしたから、確たる証拠を突きつける王子様カッコいいとか思っていました」

「全然カッコよくないよその王子。こんなみみっちいイタズラ程度で婚約者を婚約破棄、国外追放とか、どうかしてるよ。だいたいその紙を三年間もずっと証拠にしようと肌身離さず持っていたわけ？恥ずかしい……」

二人でうふふ、あははって笑います。

「ま、ヒロインさんへのいじめが始まったことは間違いないし、ちょっと注意しなくちゃ。いじめ自体は、学園からなくさなきゃいけないことだからね」

「はい、私も気を付けます！」

☆彡

「さてみなさん、学園生活も二週間を過ぎました。そろそろ学園にもなじんで、クラスでも人となりがわかったころと思います」

先生が朝のホームルームを開いています。もう二週間かあ。のろのろしていますねえこの学園。すでに一年の選択科目も提出済みで、今日から本格的に選択科目の授業が開始されることになります。

「そこで、今日は学園を生徒で自主運営するための委員を決めてもらいます。ではまず学級委員長。立候補はいますか？」

しーんとしていますね。顔を見合わせる感じです。

「では推薦」

「はい、シン・ミッドランド君を推薦します！」

女子が一人挙手してそう言うと、みんなわーって拍手しますね。

僕かい。……まあそうなるか。クラスに王子がいるのにでしゃばれませんよね、他の貴族としては。

これはしょうがないと思います。

「ミッドランド君、引き受けてくれますか？」

「いいですよ」

「ありがとう。じゃ、前に出て挨拶を。それから各委員を決めてください」

席を立って教壇の上に立ちます。

「推薦ありがとう。みなさん僕がいると大変やりにくいだろうと入学前から心配していましたが、それでも、僕の希望通り、普通に受け入れてくれて感謝します。これから一緒に頑張りましょう」

そう言ってみんなの前で頭を下げます。

「いやあ、そりゃせっかく王子様がいるんだから、これはやってもらわないと」

「ぼくらのクラスの発言力も増すってもんだし？」

ヤジが飛んでクラスのみんなが笑います。こんな冗談が飛ばせるような雰囲気になってくれるまで苦労しました。ジャックのおかげもだいぶあります。持つべきものは友達ですね。

「おいおいおい、僕はそういうの一番やっちゃいけない立場なんだからさ、期待されても困るよ？」

さ、笑ってないで仕事仕事。

「えーと、学級委員長ってのは要するに雑用係。困ったことはなんでも言ってね。生徒会との連絡係、事実上生徒会委員も兼ねてますね。あと、各委員です。保健委員、図書委員、美化委員、風紀委員、文化委員、体育委員……。以上ですね」

黒板に先生から渡されたプリントを見ながら書いていきます。

「では保健委員、立候補をお願いします」

「はい」

おー、サンディーって子がやってくれるみたいです。

「ありがとうございます。他に自薦、推薦は……、ありませんか？　ではサンディー、お願いします」

「はい！」

「次、図書委員」

「はい」

セレアが手を上げました。本好きですもんね。膨大な蔵書のある図書館すごく気に入っていたようです。

「ありがとう。他に自薦、推薦は……なしと。じゃ、セレア頼むよ」

「はい」

そうやって次々と係を決めていきます。

「はい、ありがとうございましたミッドランド君。では今、委員に決まった人は放課後、それぞれの委員会に出席してください。ではホームルームを終わります」

放課後になりました。いよいよフローラ学園、生徒会のメンバーと初顔合わせです。

入学式で在校生代表挨拶をした生徒会長にして学園の絶対女王、公爵令嬢、エレーナ・ストラーディス様とご対面です。二年生の時から会長で、三年生になった今も二期連続で生徒会長をお務めだそうで。

入学式の在校生挨拶では、「伝統と格式を守り、貴族たる立場をわきまえ、フローラ学園の名に恥じぬよううんぬん」とやった上で、僕の型破りな新入生挨拶をにらみつけるように見ていました。相当な抵抗勢力となることが考えられます。

ぞろぞろと生徒会室の前に人が集まってきました。上級生の方、そして、新入生のみなさん。それぞれクラスで委員長として選ばれた方たちです。

「やあシン君、やっぱり、来たね！」

ピカール……。お前委員長かよ。どうせ立候補したんだろう？

「……ふん」

パウエルもいました。脳筋担当。意外でしたね。委員長になれるような人望ある人物には見えませんでしたが。あとのふたクラスは、ちょっと覚えがないかな。上級生の方たちに続いて、生徒会室に入ります。

……生徒会室、豪華ですね。調度品が凝ってます。まるでサロンのごとし。この人たち仕事してんの？　事務所みたいにちゃんと生徒会活動する場って感じは全然しませんね。もっとこう、生徒会室って、書類や印刷物、発行する生徒会報の資料、スケジュールがびっしり書かれた黒板とかのイメージありましたけど。要するに役人の事務所然とした雰囲気がまったくなく、上流階級の社交場という感じです。こんなんなっちゃってんの生徒会って。

「みなさん、着席なさって」

遠慮なく末席に座らせてもらいます。みんないちいち頭を下げてから着席します。もちろん僕はにらまれてますよ。

「生徒会へようこそ。生徒会長をしているエレーナ・ストラーディスです。以後お見知りおきを」

着席したまま、生徒会長が挨拶します。

「シン・ミッドランド殿下。御入学おめでとうございます。わが校が王族を迎えるのは実に七年ぶり。サラン姫殿下以来でしょうか。生徒会を代表して歓迎いたします。今後のご活躍を期待いたしますわ殿下。どうぞよろしく」

さっそく僕を名指しですか。王族の威光を笠に着たい、こっち側に入れというプレッシャーがビンビンですね。

「……ありがとうございます。ただ、フローラ学園の門をくぐった以上、僕も他の生徒と同じ、一生徒に過ぎません。これからも特別扱いなく、他の学生諸君同様にご指導、ご鞭撻《べんたつ》いただければ幸いに存じます」

「殿下におかれましては、大変ユニークな新入生代表挨拶をいただきまして、生徒会一同、感銘を受けましたわ」

「『殿下』ではなく、ミッドランド君とでもお呼びください。会長」

「おたわむれを……。そのような無礼、学園の格式と伝統が許しませんわ？」

「無礼ではありません。学園の門の上に国王陛下のお言葉が書いてあります。『この門をくぐる者は全ての身分を捨てよ』と。すでに僕は王子という身分を捨ててここにいます。どうぞお気になさらずに」

ぴしっと生徒会室の空気が凍りますね。なんなんでしょうねこの感じ。どこの有閑マダムですか会長。セレアの言う、「悪役令嬢」みたいです。

「それを許さぬ伝統が、この学園にはあるのですよ？」

「そんな伝統、いつの間にできたんですかね？」

「王家たるものがその身分と地位を捨てるのですか？」

「まあ、学生の間ぐらいはね」

「それは矛盾ですわね。王家の一員たるものが自ら身分を捨てるようでは王政そのものの存在する意味がなくなりますわ？」

「貴族然とした学園の生徒会が、国王陛下の意向に従えないとおっしゃることもまた、矛盾では？」

「面白いことをおっしゃること」

そう言ってにやりと笑いますね会長。

「僕のことはどうでもいいです。さ、始めてください」

「始めろとは？」

「仕事ですよ。生徒会としての業務です。さあ、なにから始めますか？　議題を進行してください。そのために呼んだんですよね？」

「今日は顔合わせだけですわ？」

ぬるいなあ生徒会。ホントに仕事してんの？

国政の場の御前会議で何度も国王や大臣たちと侃々諤々《かんかんがくがく》やり合ってきた僕にはバカバカしくて付き合っていられませんね……。養護院や病院関係でダメ出しされて何度もやり直させられたことだってあるんですよ。十一歳から十五歳まで、大人の世界に放り込まれてね。

「今年度の生徒会活動スケジュールぐらいは、教えてもらえないですかね」

「出来上がってきたらお教えいたしますわ。まだ指示したばかりですの」

「誰にやらせているんです？」

「教員に」

「それって生徒会が存在する意味があるんですかね？」

「全校生徒を代表してそれを承認する義務が私どもにはありますわ」

「それまで生徒会のみなさんはなにをしているんでしょうか」

「待つのも仕事のうちですわ。急《せ》かせてはよいものができませんでしょう……」

なんにもしないのアンタたち？

「失礼しました。身をわきまえぬ無礼な発言の数々、お詫びを申し上げます」

僕もだんまりを決め込んでやりましょうかね。

「……殿下は生徒会にいろいろとご不満がおありでしょうか？」

「まだ入ったばっかりでわかりませんね」

「それは後々、勉強していただきましょう」

「まあわかったこともありますが」

「なにがおわかりになったというのですか？」

この中には国政のスタッフたる資質がある者がいないということがわかりましたね。フローラ学園の卒業生からは、今後、大臣は選出されないでしょう。僕がしません。生徒会程度の仕事もできない人間がどうやって国を治めます？　この生徒会は学生のうちから、組織の運営を主体的に行い、リーダーシップを学ばせるという生徒会本来の教育目的をまったく果たしていないじゃないですか。

「……その話は、諸先輩方がご卒業なされてからにいたしましょう。入学したばかりの下級生が申し上げねばならぬことなどなにもありませんよ。まずは見習いから始めようと思います。ではその顔合わせの続きをどうぞ」

ダメだ。こんなやつらさっさと卒業してもらったほうがいいです。学園のためにまったく役に立っていません。先が思いやられます。

「はい……。では隣の方」

「はい！　ピカール・バルジャンです。父はピエール・バルジャン伯爵。シルヴァリア領を任されております」

「ピカール様はご長男でいらっしゃいますわね。いつぞやは大変お世話になりましたわ。よろしくお願いいたしますねピカール様」

「はい。お美しいご尊顔、久々に拝見いたしまして光栄の極みにございます。以後学園でも昵懇《じっこん》に願います、エレーナ様」

「御足労ありがとうございましたわ。では次の方……」

なんだこの生徒会。いちいち身分を語らせ、生徒会長におべんちゃらを言うんかい。

全員にお茶とお菓子がふるまわれます。いそいそとお茶を汲《く》んでいるのはどうも生徒会とは無関係そうな一般生徒。生徒を小間使い扱いかい！　ダメすぎるってこの生徒会……。

結局僕は生徒会の具体的な仕事内容についてはなにも聞かされず、お茶にもお菓子にもまったく手をつけずに生徒会をあとにしました。帰りの馬車の待合室を兼ねる休息所で、セレアに声をかけます。

「やあセレア、図書委員会はどうだった？」

「よかったですよ！　みなさん本が大好きで、上級生には文芸部員の方が多かったです」

図書室は和やかな同好の士が集う場所ですか。いいなあ。さ、二人で街路の歩道を歩いて、公爵家別邸まで帰りますよ。

「基本は当番を決めて図書室で貸し出しの司書を放課後にやるんですけど、せっかくですし図書室の利用率を上げるアイデアを次の委員会で持ち寄ることになりました。先輩の図書委員の方々はみんな文芸部員なものですから、私も文芸部にお誘いを受けまして、入ろうかなって思っています」

……くっ、うらやましい。僕なんか貴族社会の一番どろっどろなところで、ほぼ全員を敵に回してきたところですよ。前途多難です。

「いいね。セレアはお話を作ったり、養護院で紙芝居をやったりしていたもんね。文芸部員のみんなも大歓迎してくれると思うよ」

「入部してもいいですか？」

「もちろん！」

セレアにも、お妃《きさき》教育ばっかりじゃなくて、友達いっぱい作って学園生活楽しんでほしいです。

「文芸部員のみんなにも、童話を創作してもらって、養護院のボランティアで読み聞かせや紙芝居ができたらいいなって思っちゃいました」

「素晴らしいよ！　それ、ぜひ実現して！」

「はい！」

セレア、嬉しそうですね。そんなセレア見ていると、僕も嬉しくなっちゃいます。

「それで、あの……」

「ん？」

「図書委員の中に、文芸部員でもあるんですけど、ヒロインさんの攻略対象がいて……」

あーあーあー、インテリ担当、いましたね。

「どんなやつだった？」

「ちょっと小柄で、ハンサムで、眼鏡君で、ナイーブな方でした。ハーティス・ケプラーという方です。ケプラー伯爵様の三男ですね」

「あー、パーティーで会ったことあるよね。最初見た時女の子かと思っちゃったよ」

「それはちょっと失礼かと……。でも改めて実物の本人に会うと、確かにテンプレですねえ……」

ほんわか癒《いや》し系担当でしたか。女の子でも安心してお近づきになれるタイプです。もちろんめっちゃ美男子です。

攻略対象者ってすごいよね。みんなタイプは違いますがとんでもなく美男子ですよ。あの粗暴なパウエルでさえ、見た目はめっちゃイケメンですから。

「ハーティス君、もうヒロインさんに攻略されてた？」

「そんなこと聞けません！」

ぷんってされちゃいました。女の子って難しいや。

3章 生徒会改革

「ファーガソン侯爵家、お着《つ》き」

「はい、ファーガソン侯爵、１」

「殿下、おはようございます」

「おはよ！　殿下はやめて。シンでお願い」

ファーガソン家のご令嬢にセレアと一緒に挨拶します。

「レミンスト伯爵家、お着き」

「はい、レミンスト伯爵、１」

「おはようシン君。どうしたの正門で……」

「おはよ、ちょっと調査だよ」

「おはようございます」

レミンスト伯爵の三男坊にご挨拶。

「えーと、これはちょっとわかんないな。御者さんに聞いてくる！」

「はい、保留1っと」

「……なにをしてらっしゃいますの？」

「あ、エレーナ様、おひさしゅうございます。おはようございます。ストラーディス公爵家、1っと」

「それいったいなんですのセレアさん？」

「交通量調査です。どうぞお気になさらずに」

「こ、こう……」

「あ、おはようございます生徒会長」

はい、学園の正門前で、僕とセレアが二人、クリップボードを抱えてメモしながら学生の登校を記録しております。多くの学生が怪訝《けげん》な顔で僕らの横を素通りしていきます。顔見知りの人とはご挨拶しますけど。

そんなところに学園の絶対女王、生徒会長のエレーナ・ストラーディス様がひときわ立派な四頭立て馬車でご登校なさっておいでです。一人で学園に登校するのに四頭立て馬車ってすごいな公爵家……。

「……いったいなにを始める気ですの殿下」

「なに、ちょっと頼まれごとでしてね。セレア、さっきの、バルバトール子爵家、2」

「はい、バルバトール子爵家、２」

「生徒会の許可なしに勝手なことは許しませんよ？」

「これは生徒会活動とはまったく関係ありません。お約束します。ご迷惑はかけません」

「本当でしょうね？」

「ボランティアでね、ちょっと調査を」

疑ってますねえ生徒会長。

「セレア、コーナズ侯爵家、１」

「はい、コーナズ侯爵家、１」

「遅刻しますよエレーナ様？　お急ぎください。セレア、ブランシュ侯爵家１」

「はい、ブランシュ侯爵家１」

エレーナ様、険しい顔で執事に見送られ、校門をくぐっていかれました。まあ、あとでわかると思うよ。


放課後、久々に国立学院のスパルーツさんの研究室を訪れます。

「ペニシリンの抽出はできました？」

「ぺ、ぺに……」

あ、口が滑っちゃったな。

「アオカビの抗生物質のことです」

「なるほど……。確かにアオカビ《ペニシリウム》から抽出できるんですから、ペニシリンというのはいい名前ですね！　それいただきです！」

天然痘の予防接種につきましては、国軍の協力もあってその有効性についてはすでに確立されています。国軍兵士の志願者五十名に牛痘による予防接種を行い、天然痘の追加接種による発病がなかったことが証明されました。現在では近隣の農家さんの協力により、牛痘に感染した牛が学院で飼育されており、近々、王都の正門、東門に種痘所を設け、出入りする全員に接種を行う予定です。こちらの指揮はジェーンさんが陣頭に立って準備中です。

今月末には国王の命で、種痘法が発布され、五年の時限立法で国民全員に種痘を行うことが義務付けられます。そのことで研究メンバーが各所に教育、指導のため出向いてしまっており、今研究室はちょっと人手が足りないんですよね。

「アオカビから成分を抽出する……。その抗生物質成分は水溶性で、水に溶けるのまでは間違いないんです。油と水でかき混ぜると分離できました。ただ、それだけでは薄すぎるんです。どうやって濃縮するか、そこが問題でして。今は炭とか酸とか使ってなんとか、濃縮方法を模索中です。ものすごく手間なんですが」

うーん、さすがにそれはまったくわかりません。困りましたね。セレアもうーんうーんって考え込んじゃいます。

「ぐらぐら沸かして煮詰めるわけにもいきませんしねえ……熱に弱いようですし」

困っていますねスパルーツさん。

「あの、スパルーツさんは、フリーズドライって知っています？」

セレアの前世知識キター!!

「ふりーずどら……い？」

「今病院で、真空ポンプを使って氷を作っているの、ご存じですか？」

「ああ！　セルシウスが開発したやつね！　画期的ですよ！　素晴らしいアイデアです」

「真空中に水を入れると、温度が低いのにぐらぐら沸騰して水分がどんどん抜けるんです。氷からもです。それで凍ったものからでも水分だけを抜くことができるんですが」

「……フリーズドライ。なるほど……」

「本来は食べ物の保存方法です。カラカラに乾かして保存し、水に浸すと元に戻って食べられるって方法なんですけど、それ応用できません？」

「やってみます!!　セルシウスに都合をつけて、機械を貸してもらいますよ！」

すごいなセレア！　よく思いつけるねそんなこと！　アオカビから抽出した抗生物質、濃縮方法が確立できるかもしれません！

☆彡

そんなことがあって、後日。

「てなわけで、この種痘の共同研究者、ジャックの名前も載るからね」

「俺の名前が？　スゲエなそれ！」

学園の学生食堂で、セレア、ジャック、シルファさんと一緒に昼食をとっています。午後、選択科目が始まってからは毎日です。他のクラスメイトとか、セレアの文芸部のメンバーとか、ジャックの友人とかもたまに混じりますが、固定メンバーはこんな感じ。

「天然痘の予防接種、なんといってもまず、そのジャックの調べてくれたデータがきっかけになっているんだから、立派な研究協力者だよ。あれのおかげで僕ら、この国策、進められるようになったんだからさ」

「いやー嬉《うれ》しいねえ。最初はなんだと思ったけどさ、まさかここまで大事になってくれるとは……」

ズカズカズカズカズカッ！　ドガッ！

「殿下！」

うわっものすごい怖い顔して学園の女王、エレーナ生徒会長が僕らのテーブルにどずんと手をつきましたよ！

見ると、後ろには副会長、会計、書記のオールメンバー！　何事ですか？

「この『馬車での登校禁止令』というのはなんです！」

「ああ、それですか」

紙をぺらっぺらに振り回して爆発寸前の生徒会長をなだめます。

「ここは学食です。みんな食事中です。静粛にお願いします。よく読んでくださいよ。全面的な禁止じゃありません。学生にスクール乗合馬車《オムニバス》を利用してもらおうという話です」

「どういうことです！」

「学園の周り、登下校時に、学生の送り迎えの馬車が混雑し、交通渋滞を起こしています。近隣の住民より長年にわたって再三の抗議を受けており、問題視されておりました。なので、馬車による登下校を行っている生徒には、学園が用意した乗合馬車を利用してもらい、渋滞を解消するための施策ですね」

「わたくしたち貴族に乗合馬車に乗れと!?」

会長、激怒です。

「はい。校門で調査したところ、馬車で登下校している生徒は四十二人、王都内の諸貴族邸、もしくは別邸から出ている馬車は三十八台。これが登下校時間に集中するものですからその混雑っぷりは大変なものです」

「あの時調べていたのがそれですか！」

「そうです。今後は十二人乗りの馬車を四台用意し、王都を四ブロックに分け巡回します。それで各爵子邸を回り、乗っていただきます。朝一回、生徒により下校時間が異なりますので夕刻三回」

「生徒会の許可なくなんて勝手なことを！」

きいいいいい――――って感じでキレそうですね生徒会長。

「生徒会の許可はいりません。学園とは関係ないことですから。単に都内の交通渋滞を改善するための王都条令です。」

「お、王都条令……？」

「送り迎えをする学生の保護者の方にも負担になっておりまして、これを乗合馬車で済むのならばと喜んで協力を約束していただきました。馬と馬車、御者の費用については各貴族の保護者の皆様からの共同出資で運輸馬車組合に委託で手配しております。十分の一の費用になるのですから、みなさん大喜びですすでに承認をいただいておりますよ？」

「殿下にこんな決定をする権限などありません！」

「僕にそんな権限があるわけないでしょう？　ちゃんと御前会議で総務大臣、教育大臣、全ての関係者に賛成をいただいた上で国王陛下に承認をしていただきましたよ。だから発布できるんです。大臣のみなさんも、『これでガキどもの渋滞から解放されるわ』と喜んでいらっしゃいましたよ。登城する際、学園を避けてわざわざ遠回りしている大臣さんも少なくありませんでしたので」

「わたくしの父が反対したはずです！」

「僕はもう四年もストラーディス公爵を御前会議で見たことがないのですが、なにをしていらっしゃるので？」

「許しません！　そんなことは生徒会長として断固反対させていただきます！」

バンバンバン！　テーブルを叩《たた》きます。あーあーあー、爆発しちゃった。

「……逆に聞きたいのですが、会長は、なんの権限があってこれに反対するんです？」

「な……」

「生徒会長は、どんな権限で、国王陛下発布のこの行政執行に反対するんです？」

「……」

「反対できるんですか？」

会長、がっくりです。

「この件もう僕の手を離れています。僕に抗議してもどうにもなりません。通知をよくお読みください。どうしても必要があるのなら、教育省の認可を得て馬車通学を認める条項があります。お父様にご相談されてみてはいかがでしょう？　認可が下りるかもしれませんよ？」

「……王子の権力を使ってなんと傲慢《ごうまん》な」

「先ほど僕にそんな権力などあるわけないとご説明いたしました。ご学友に生徒会室でお茶汲《く》みをさせたり、毎日一人で四頭立て馬車を正門に乗りつけて、朝の忙しい登校時間に、他の生徒の通行を数分間にわたって妨害するのは傲慢ではないのですか」

「殿下」

後ろに控えていた生徒会メンバーから声をかけられます。これも怖い顔ですねえ。まあ僕はシュリーガンで怖い顔に耐性がありますので、どんな顔されてもまるで平気なんですけど。

副会長は三年で、なんだかゴツくていかめしい男がやってます。会長のボディガードを買って出た、というか、にらみを利かせる役でしょうか。書記は神経質そうな眼鏡をくいっと持ち上げてる三年生の男。口を開けばイヤミを言いそうなねちっこさを感じます。会計さんは二年の女子で、ちょっと困ったようにおろおろしていて、この人だけは悪い人ではなさそうだなって僕は思ってるんですけど。

「殿下は生徒会の敵になるおつもりですか？」

なんでそうなるの？　話聞いてた？

「僕は等しく国民の味方ですが」

「……殿下」

会長が顔を上げます。

「お恨み申し上げますわ」

「この程度で？」

これを御前会議で提案した時ねえ、陛下にあきれられましたよ。「お前そんなしょうもない仕事までやっておるのか」ってね。大問題でもなんでもありませんよこんなこと。その証拠に満場一致であっさりOKもらいましたから。

ま、これで生徒の通学時間は、今までの一時間半から半分以下になるでしょう。歩けば二十～三十分の距離をほとんど校門前で順番待ちしていたんですから。その時間を馬車の中で無為に過ごすのではなく、もっと有意義なものにすべきですよ。乗合馬車の中で隣人と毎日語らうこともできるのです。身分に関係なくね。決して無為な時間にはなりませんて。

生徒会、悔しそうに学食から退場したら、学食にいた生徒たちから一斉に拍手が上がりました。女王がやり込められているのを見て面白かったようです。

えぇぇぇぇ？　この学園で生徒会って、そんなふうに思われてんの？　そっちのほうが大問題。

「すご――――い！」

なんか大喜びで駆け寄ってくるピンク頭。

「あの生徒会メンバーをやっつけちゃうなんて、さすが王子様！」

君、学食にいたんかいヒロインさん……。

「シン様」

「……」

「やりすぎです」

「ゴメン」

セレアにだけは勝てませんね。

☆彡

今日はセレアが図書室で司書をする日です。貸し出し、返本の受付ですが。図書委員としての初仕事ですね。ちょっと覗《のぞ》いてみましょう。この学園も図書室は立派ですよ。蔵書は五万冊を超えます。生徒さんがけっこう来ていますね！　賑《にぎ》わっています！

「やあセレア、どう？　図書委員の仕事は」

「今日はなんかいつもより人が多いです。いいことですよ」

そう言ってニコニコしています。図書室にいる生徒のみんなが一斉に僕らのことをちらっ、ちらっと見るんですよね。そういうことかい。

ま、なんにせよ未来の王子妃も、彼女に会いに来た王子様も、こうして図書室に現れるとなれば、お近づきになりたい生徒の利用も増えて文句なしです。「図書室の利用率を上げたい」って話、セレアがいるだけで解決しちゃうんじゃないのかなあ。

「生徒会活動の記録とかもここで所蔵しているって先生に聞いてきたんだけど」

「ありますよ。ご案内します」

カギのかかった別室ですね。セレアにカギを開けてもらって、ファイルを持ってきます。七年分です。名簿に名前を書けば、生徒でしたら誰でも閲覧することができます。

僕の姉上、サラン殿下が入学されてから学園がどう変わったか、これでわかるというものです。殿下が海外留学でいなくなったあと、どう腐っていったかもね。

空いている席は……ちょうど、図書委員で文芸部員のヒロイン攻略対象、ハーティス・ケプラー君が座っていますね！　ケプラー伯爵の三男、インテリ担当、癒し系です。眼鏡に中性的な顔立ち、ちょっと小柄かな。男子の制服着てなきゃ、そのロングヘアを後ろで縛っているとこなんか女の子にも見えちゃいます。

「前の席、いい？」

「あ、どうぞ。え、殿下……」

「殿下はやめて。シンでいいよ。学園ではそれでお願い」

どさっと七年分のファイルを置きます。こうして見ると、生徒会活動、昔はちゃんと学生が自身でやっていたことがわかります。ほら、姉上の手書きの書類がいっぱいありますよ。一年生のうちからもうこんなことやっていたわけです。なんでもやるなあ姉上は……。

姉上がハルファに留学するために学園をやめた六年前から、だんだんファイルが薄くなるんですよ。生徒会の仕事がどんどん減っているってことです。なにやってんだか……。

「生徒会のお仕事ですか。なにかお調べですか？　お手伝いいたしましょうか」

けっこう普通に話しかけてくれますねハーティス君。いい人っぽいです。

「いや、探してるわけじゃないんだ。全部目を通すつもりだから」

「これを全部ですかあ!?　すごいですね！」

ハーティス君が驚いています。

「びっくりしたよ。今の生徒会ってなんにも仕事してないんだからさ。全部、顧問の先生任せ。昔はそうじゃなかったはずだから、記録を見てみようと思って」

「そうなんですか……。だとしたら嘆かわしいですね」

「そう思ってくれて嬉しいね。これ見てよ。年を追うごとにファイルがだんだん薄くなってる。生徒会程度の組織運営もできなくて人任せじゃ、将来この学園から僕の右腕になってくれるような人材は期待できないってことになっちゃう」

「殿下……シン君はやっぱりすごいですね！　あの生徒会メンバーを一刀両断ですもんね。僕も学食であの騒ぎ見ていましたよ。大きな声じゃ言えませんが、スカッとしました」

そう言って笑います。うん、付き合いやすいタイプです。僕と似てるかな。お友達になれそうです。

「セレア様……さんもすごいんですよ。僕、感心してしまいました」

「セレアが？　そういえば文芸部に入ったとか。君、文芸部員？」

「はい、申し遅れました。ハーティス・ケプラーと申します」

「シン・ミッドランドです」

「はは！　いまさらですよ！　僕みたいな者に声をかけてくれてありがとうございます」

「二年も前に一度パーティーでお会いしていますよ」

「そんな前のことを覚えていてくれて嬉しいです」

にっこり笑った顔がかわいいですね、男ですけど。これはこれでモテるでしょうねえ！　さすが癒し担当、攻略対象者です。いいやつです。

「セレアさんとはいろいろ話をするようになりましたが、天文学への造詣《ぞうけい》深く、驚かされました」

「へー……。まあ女の子は占い大好きだから」

「それは天文学じゃなくて占星術ですよ。星や惑星が軌道に従って規則正しく動いていることが証明されてしまった現在では占星術は意味がなくなってしまいました。星の動きが予測可能になりましたからね。今や日食だっていつ起こるかちゃーんと計算できますよ」

セレア、『はやぶさくんのおつかい』とか、『月世界旅行』とかの話、してないでしょうねえ。アレを聞いたらこの世界の学者さんたちがぶっ飛んでしまいそうです。

「シン君は惑星って、ご存じで？」

「うん、水星、金星、火星、木星、土星。一か所にとどまらず、星座の中を移動している明るい星」

「惑《まど》っているように見えるから惑星なんですよね」

「そうだね」

「セレアさんはあれが他の星とは異なり、太陽を中心に地球と一緒に回っているとご承知でした。月は地球の周りを回っているとも」

「地動説か。この国でも認められて、教科書も書き変えられてもう百年も経《た》っているけど、未だに教会の一部が反対しているんだよなあ。市民レベルじゃ知らない人もまだいるからね」

「それだけではないんです。惑星の軌道、観測記録とどうしても計算が合わない部分があるんですが、僕の父もずっとそのことを疑問に思っていて。今でも学院で議論の対象になっているんですけど、セレアさんが『惑星の軌道って確か楕円《だえん》なんですよね』って言ったんですよ！」

セレアの前世知識キター――！

「失礼ですがお父様は？」

「あ、父は学院の天文学科、学部長です。ヨフネス・ケプラーと申します」

「確か伯爵で」

「ケプラー伯爵です。ご承知いただいていましたか。光栄です」

「セレアの思いつきがなにかのお助けになれば幸いですね」

「お助けどころじゃないですよ！　父にそれを話すと、過去の観測データを全部ひっくり返して計算を全部やり直して、徹夜続きなんです。学院の天文学研究員も動員して大変な騒ぎになっています。確かに惑星の軌道が楕円軌道だとすると、観測データとぴったりなんですから、みんな驚いています！」

「しーっ。図書室ではお静かに」

「あ、失礼いたしました！」

二人で顔を伏せて周りを見回します。あーあーあーみんなに見られちゃってますね。あわててコソコソ話に切り替えます。

「天体は神様がおつくりになったもの。全てが完璧なはず。美しい円を描いているに違いない。そういう思い込みの常識が根底から覆《くつがえ》されたわけです。革命的な発見ですよ」

セレア、そんなところでも学者さんをひっくり返して……。なにやってんだか……。

「その、セレアはちょっと変わったところがあって、たまに妙なことを言うこともあるんですが、文芸部で浮いちゃったりしていませんか？」

「それはご心配なく。みなさんに慕われていますよ。面白い本を見つけ出すのが上手で、僕なんか最近セレアさんに勧められて、こういう空想科学小説とか読むようになりましたが、実に楽しいです！」

そうして読んでいた本を持ち上げてくれます。ヴェールズの『火星人襲来』かあ。なに読んでんのセレア……。

「地球に襲来した火星人が、地球の病気の免疫を持っていなかったからって全滅しちゃうんです。免疫がないって怖いですね！」

それつながりで読んでたのかセレア。細菌と免疫の概念、空想科学小説家が題材にするぐらい、だいぶ認識されるようになったようです。セレアの功績の一つかもしれません。近々牛痘接種も始まりますし、国民に広く伝わってくれると嬉しいですね。

「ハーティス君、人に本を紹介するのに、いきなり『全滅しちゃうんです』って話のオチを一番最初に説明してしまうのはどうかと思うよ……」

彼の素直な人となりは見て取れて好ましいんですけど。

「あっ！　そうですね！　すみません。気をつけます」

しょぼんとしたハーティス君に手招きして顔を寄せます。

「(それセレアにやるとめっちゃ怒るからね！)」

「(そういえば目がまったく笑ってなかったことが何回か……。ご忠告感謝します)」

僕らの間に妙な連帯感ができてしまいました。あははは！

「……セレアさんは素晴らしい女性です。誰とでも分け隔てなく本当に友人になってくれます。あんな人を婚約者にしているなんて、僕は殿下がうらやましい……」

ハーティス君、ちょっと赤くなって、司書席に座って笑顔で生徒と図書のやり取りをしているセレアに目をやります。あーあーあー、セレアに攻略されちゃってるよハーティス君。そういう手もありましたか。盲点でした。

「あ、し、失礼いたしました！　今のなし！　なしで！」

ガタっと椅子から立ち上がり、僕にサッと頭を下げます。

「はいはいはい、なしで。あっはっは。なんかいろいろごめん。セレアのことは僕も大好きだよ。これからもよろしくね。殿下とか王子とか抜きで、僕とも友達になってよ」

手を伸ばすと、その手を握ってくれました。

「セレアが考えたり、言ったりすることは、周りから見るとちょっと異端なこともあるんだ。貴族ら

しくない、王子妃にふさわしくないって問題になることもあるかもしれない。君、同じ文芸部員として、それとなくでいいからそこ、ちょっと注意して、フォローしてあげてくれませんか」

「せっかくの才能がもったいない気もします……。でもごもっともです。承《うけたまわ》りました」

「ありがとう」

「あ――――！　いた――――！」

……図書室ではお静かに願いますヒロインさん。どこにでも現れますねこのピンク頭！

「ハーティス様！　また授業でわからないことがあって……、その、教えてくれると嬉しいんですが」

「……様はやめてくださいって言ってるでしょリンスさん。同じ学生なんですから。それにここは図書室なんですから静かにしましょう」

「ここ、ピタラコスの定理、どうしても証明のやり方がわからなくて」

「五十通り以上ありますよそれ……いいかげんどれか一つぐらいは覚えてください」

「ごめんなさい……。努力します」

インテリ担当にもちゃんと攻略開始してましたかヒロインさん。さすがです。勉強を教えてもらうというのは確かにいい手です。出会いイベントもとっくに済ませていたわけで、やりますねえ。手ごわいです。

僕は関わりたくないので、生徒会資料の閲覧に戻ります。

「あ、王子様」

関わりたくないので無視します。

「……」

「殿下？　シン様、シン君？」

関わらないわけにはいかないみたいです。

「はい？」

「え、もしかしてシン君、ハーティス君とお知り合いなんですか？」

「二年も前から友人です」

それを聞いてハーティス君嬉しそうに笑ってくれます。僕もこれぐらい図々《ずうずう》しくいきませんとね。

ヒロインさんに負けていられませんし。

「えー、知らなかった」

はいはい。

「リンスさん、シン君は公務中です。邪魔したらダメですよ……」

「はあい」

せっかくですのでそれとなく様子を探ってみましょう。見た限りでは、ハーティス君、頭のいい聡明な女性が好みのようで、ヒロインさんに心奪われているという感じはまだまだゼロです。しょうがなく教えてやってるという感じで、よそよそしいです。

油断なりませんがハーティス君も、ジャック同様、僕らの陣営に引き込むことができたらいいな。

それ以前にハーティス君とは、僕もちゃんと友達になりたいし。

☆彡

コンコン。生徒会室の扉を叩きます。

「どうぞ」

「失礼します」

ガラガラガラ。台車を押して生徒会室に入ります。

「……あらあらあら。殿下、珍しい。どういう風の吹き回しかしら？」

生徒会長にして学園の女王、公爵令嬢エレーナ・ストラーディス様が生徒会メンバーたちと優雅にお茶を嗜《たしな》みながら僕をじろりとにらみます。

「生徒会の仕事をお手伝いしようと思いまして」

「今は殿下にお願いする仕事はございませんわ。時期が来たらお呼びします」

「顧問の先生からお話を聞きました。生徒会活動の年間スケジュールができましたので会長の承認をもらってきてくれとのことです。ご承認ください」

「それはご苦労様、置いていってくださいませ」

「ご承認を」

「今ここで？」

「はい」

エレーナ様がスケジュール表を広げ、ちらりと一瞥《べつ》します。

「承認いたしますわ」

「ではサインを」

「お待ちになって」

さらさらとサインをします。おいおいおいおい。生徒会長の仕事ってそれだけかい！

「ありがとうございました。では」

そう言って僕は荷台から石板を持ち上げ、ドスンと生徒会室中央のテーブルに置きます。

「で……、殿下、なにをなさるおつもりで！」

「ガリ版ですよ。これを印刷して全校生徒に今年のスケジュールを生徒会広報誌として発行します」

椅子を引っ張ってきて座り、石板の上にロウ紙を張り、定規を当てて鉄筆で線を引きます。

「そんなことは教員がやってくれます！」

生徒会一同があきれていますね。

「えーと、六月にスポーツ会、フットボールだけか。もっと種目を増やしたいな。女子生徒も参加できるようなやつも。まあ時間もないし来年からでいいか。八月に終業式、九月に始業式、十月には学園祭、楽しみですね。七月にはなにもないのか……。これもなにかやりたいですねえ……」

「あなた、その印刷一人でやるつもりですの！」

「そうですよ？」

「全校生徒の分を!?」

「三百名もいないですしね。こういうのは紙一枚でわかるようにまとめるのがコツです。すぐ終わります」

「なんでそんな配布物の作成を生徒会がやるのです！」

「生徒会の仕事だからです」

なにを言ってるんでしょうねこの人たちは。当たり前の話でしょうに。

「いたずらに生徒会の仕事を増やすようなマネをするな！　伝統ある生徒会をなんと心得る！　生徒会は学園の行事の承認を行う最高決定機関である。それ以外の仕事など必要あるか！　いかに殿下とはいえ、勝手は許しませんぞ」

生徒ににらみを利かせる役のゴツい大男の副会長が怒ります。

「そんな伝統ありませんよ？」

「なに？」

「生徒会にはそんな伝統はないんです。これは生徒会の仕事です」

カリカリと謄写版《とうしゃばん》原稿紙に鉄筆でどんどんスケジュールを書き込んでいきます。

「なにわけのわからないことを言っている」

あー、うるさいなあ。

「……これを見てください。七年間の生徒会の活動記録のファイルです」

どさっとファイルを台車からテーブルの上に置きます。

「これらの仕事を全部生徒会が自主的に、自分たちで運営していたのです。記録があります」

「……この記録をどこから？」

「学園の図書室別室に保管してありました。この学園の生徒なら誰でも閲覧することができます。紛失防止に借り出しは図書委員に立ち会ってもらい、出入室記録の名簿に署名する必要がありますが。前年度の活動などを在校生徒が参照することができるようにそうなっています。先輩方も毎年これを参考にし、年度末には自分たちの活動記録のファイルを作成して生徒会顧問教師に渡し、保管してもらっていたはずですが？」

「そんなことは教員に任せていますわ」

「その程度の仕事もうあなたたちはやっていないということで？」

「必要ありませんもの」

まったく覚えがないんですかね。ひどいなそれ。

「いえ、違います。必要なのにやることを放棄したのです。ここ五〜六年の間に。伝統でもなんでもなく、ただ歴代の生徒会役員が自分たちの仕事をどんどん教員に押しつけて減らしていっただけなのですよ。気が付きませんでした？」

「この資料を生徒会が作ったという証拠があるのか⁉　教員が作成したものとなにも変わらないだろう！」

三年の眼鏡の書記が抗議してきます。見た目通りイヤミで「証拠は？　根拠は？」とかしつこそうなタイプですね。

「生徒が自主的に作成していたという明確な証拠があります書記さん」

「どれがだ！」

「この七年前の書類は、当時ここの学生だったサラン姫殿下が作成しているからです」

……生徒会メンバーが驚愕《きょうがく》します。

「七年前、僕の姉上、サラン姫殿下が生徒会活動に参加して、これらの資料、生徒への配布物の作成を生徒会メンバーと協力して自主的にやっていました」

「そんなわけがあるか！」

「ありますよ。僕はまだ子供でしたけどね、学園行事が近づくと殿下はよく手や顔にもインクをつけて帰ってきて、国王陛下にも笑われていましたよ。『仕事が終わんない――――っ』って殿下が学園から資料を持ち帰って、王宮でガリ版でカリカリやってたことなんてしょっちゅうでした。僕もローラーを持ってインクで真黒になりながら印刷、手伝わされましたから」

「……信じられません」と会長もびっくりです。

「ご覧ください。スポーツ大会の参加リスト、広報ポスター、会計報告、学園祭の行事進行プログラム、どれにも殿下の手が入っています。もちろん当時の生徒会メンバーも。同じ筆跡の文書が多数」

「そんなのサラン様のだと証明できないでしょう！」

「できますよ……。みなさんは知らないでしょうけどね、王族がなにか書面を書く時は必ず自分が書いたものだと証明できる仕掛けがあります。王族にだけわかるものです」

ほーらみんなびっくり。

「王族が書く書面は偽造されたり捏造《ねつぞう》されたりする可能性がありますのでそうするのです。この書面一枚だけでも、国王陛下でも王妃様にでも書記官にでもお見せください。サラン殿下が自ら書いたものだと断言してくださいます」

「……いったいどこにそんなしるしが……」

みんなファイルされた書面を見てその痕跡を探します。

「そりゃあ内緒です。国家機密ですよ？　それを知ったらみなさん拘束されることになりますよ？　教えません。知らないほうが身のためです」

「……殿下が勝手にそう言っているだけでは？」

「王族の僕が『サラン殿下の書いた書面だ』と言うんです。この国でしたらどこでもそれで通用します。疑問でしたら王室の書記官にお尋ねください」

カリカリカリカリ。僕は複写作業を続けます。石板にロウ紙を当てて、鉄筆でカリカリと字を書き込むと、そこのロウが削れてインクが通るようになります。それができたら、これを謄写版に張って、紙の上に当てて練りインクをローラーで伸ばして塗りますと、ロウ紙に書いた通りに紙に印刷できるんですよね。原稿のロウ紙は使い捨てですが、数百枚程度でしたら十分これで印刷ができます。

子供のころから姉上の仕事を手伝っていましたからねえ、これは僕も得意です。つい先日まで、御前会議でも、陛下や大臣に配布する資料をこうやって作っていましたしね。

「……資料を見ていて思ったんですが」

「……？」

「使途不明の『雑費』がものすごい金額になってますねえ……」

カリカリカリカリ。

「七年前は会計で、『雑費』はわずか大銅貨六枚でした」

カリカリカリカリカリ。

「でもサラン殿下が留学のため、この学園を去ってから、毎年使途不明の『雑費』は増え続け……」

カリカリ、カリカリカリ、カリ。

「昨年度は実に金貨三十二枚分、生徒会費として全生徒から集めた生徒会予算の中の一割を超える金額になっています。しかもそれが全部使途不明です」

カリッ。カリカリッ、カリカリカリカリ……。

「こんな会計報告、国政で大臣が王室に出したらたちまち罷免されますねえ。会計や監査は逮捕されるかもしれません。いったいなにに使われているのやら……」

カリッ。

顔を上げてみんなの顔を見ます。凍ってますね。

「去年は生徒総会は開催しましたか？」

「……生徒総会は二年前からやっていない。生徒会は信任を受けているからな」

「それは信任という手順を一方的に廃止してしまっただけでしょう副会長。会計さん、生徒会会計報告は広報していますか？」

「そんなことする必要はないと言われて」と二年女子の会計さんが戸惑います。ただ一人の二年生ですからね、いろいろと嫌な役を押しつけられていそうです。

「生徒のお金を預かっているんですよ？　しないでいいわけないいじゃないですか。誰の決定ですそれ。生徒会費を生徒会が好きに使っていいわけですか？」

「そ、そんなことはしていません！」

「毎年度の生徒会の会計、全部計算し直してみましょう。みなさん毎日楽しんでいらっしゃるそのお茶とお菓子はどなたが提供していますか？」

「……」

「会長が出していますか？」

「いいえ、わたくしは知りませんわ」

「副会長は？」

「知らん」

「書記の方」

「……承知してないが」

「会計さんは？」

会計さん、汗ダラダラです。

「答えてください。納得のいく答えでなければこの会計の計算を隅から隅まで全部やり直しますが」

「…………生徒会費から出しています」

「ほうらやっぱり」あきれましたね。

「で、でも、それは必要経費だと。雑費として報告していいと！　生徒会の伝統だと先輩から！」

「そんな伝統なかったんです。あなたたちとあなたたちの先輩方がここ数年の間に勝手に作り上げたウソだらけの伝統です。それはこの七年間の資料が証明しています。たった四、五年程度でもう『伝統』ですか？」

「うぐう……」

「会長は二期目で、去年も会長やっていましたよね。公爵令嬢ともあろう方が実にみみっちいことに生徒会費を生徒会室のお茶会に流用していて、それを『必要経費』と強弁していたと。臣民の血税を豪遊して使い果たす俗物貴族の矜持《きょうじ》そのままをこの生徒会でもやっていたということになります」

「わたくしを侮辱するのですか！」

「ご自分の領で平民相手にそれをなさるのは勝手です。でもこの場合侮辱されているのは学園生徒なのですよ？　生徒はみんな貴族なのですから。生徒会費をまるで税を納めさせるがごとくにしていいんでしょうかねえ」

……カリカリ、カリッ、カリカリカリ。

「さてどうしますかね。このことも生徒会広報誌に書いてしまいましょうか」

「そんなことは許しませんわ！」

会長激怒です。

「会長にはそんな権限ありません」

「なんですって！」

「生徒会には、学園の生徒に公開できない秘密というやつはないんです。あるわけがない。あったらおかしいでしょ。だから会長には生徒会活動のいかなる内容も非公開にする権限が最初からないんです」

当たり前ですよね。生徒会は公《おおやけ》の非営利団体なんですから。

「その資料を寄こせ！」

「ダメです副会長。これは公文書です」

「いや、廃棄させてもらう。これは没収だ！」

あーあーあー、見てわかりませんかね……。

「あー、副会長、このファイルを一ページでも毀損したら逮捕されますよ？」

「たかが学生の生徒会の作成した書類程度でか！　そんなことあるわけがない！」

「昨日、これらのファイルを持ち帰り、国立文書館に公文書として登録をさせていただきました。リストにして司書さんに記録してもらったんです。全部のページにスタンプが押してあり、通し番号が打ってあります。司書さんが一晩でやってくれました。ご覧ください」

生徒会メンバーが目を見開いて七年分のファイルをめくってますね。どのページにも、どの書面にも、王室の紋章とナンバーが捺印《なついん》されています。

「ハルファに嫁がれたサラン殿下の直筆文書が学園生徒会ファイルから発見されたんです。貴重な資料だとみんな喜んでいましたよ。かわいいイラストまで描いてあって、殿下のおちゃめでかわいらしい性格が見て取れます。こんな仕事も嫌がりもせず当時の学生たちと一緒になって和気あいあいとやっていたという、学生時代の微笑《ほほえ》ましいエピソードとして王族の歴史に残る一級資料になりました」

さあああっと生徒会メンバーたちの顔が青ざめます。

「後の、サラン殿下のあとを継いだ生徒会が、ほとんどなにも活動をせず全部顧問の先生任せにしているという事実と、今後はどうしても比較されちゃうことになりますねえ……。会計の『計算間違い』まで全部、国立文書館に公式の記録として残ることになりましたし」

「け、計算ミスですって！」

「学園のトップ集団であるはずのみなさんが、サラン殿下留学後は生徒会の運営程度の仕事もできない、この程度の会計計算も適当にごまかしてしまう人材しかいないと公式に記録されたとなると、このままでは、学園からはもう、国政の人材の採用がないかもしれませんね。そのことは僕も入学式でも言ったんですが。フローラ学園は存亡の危機にあるって」

ファイルを手にする生徒会長の手が震えます。

「このファイルを処分しようとか、誤記を修正してしまおうとか考えないことです。今後はあなたたちがこれを廃棄したり、破ったり、燃やしたり、ただの一ページでも隠したり内容を書き変えたら公文書毀損で告発され逮捕されます。当然学園も退学です。国王陛下の権限で、です。現在このファイルの所有者は国立文書館で、学園に無期限で貸し出されています」

「で、殿下が権力をそんなことに使うなど許せません！」

「どこに権力を使ったというんです？　僕はフローラ学園の生徒なら誰でも閲覧できる資料の中から、王族の貴重な直筆文書を発見したので報告しただけですよ。国費で運営されているフローラ学園の、学内で作成された記録を公文書登録することになにも問題ありませんでした。権力の行使ではなく、単なる事務的な手続きです」

「……そんな言い訳」

「権力を振るうのは実に便利です。でも、さらに上の権力が出てくるとそんなものは簡単に吹っ飛んでしまうようですねえ。だからこそ、権力に頼り、権力に驕《おご》ってはいけないのです。みなさんも、あとで誰に見られても恥ずかしくない、フローラ学園生徒会にふさわしい仕事をしてください。でないとその記録が後世に残ります。いいですね」

カリカリカリカリカリ……。

「よし、できた！」

記念すべき、僕の生徒会での初仕事です！

「さて、じゃ、印刷するとしますか。誰か手伝ってくれる人はいませんかね」

謄写版にロウ紙を張りつけて、上着を脱ぎ、袖をまくってエプロンを着けて、ローラー台に練りインクを垂らしてローラーでグルグル伸ばします。僕、姉上の仕事を子供のころからやらされていましたから、これけっこう上手ですよ。三百枚ぐらい、すぐ終わります。

「わたくしはそのインクのにおいが大嫌いよ！」

生徒会長が絶叫しました。

「申し訳ありません。会長、そこの窓開けてください」

「勝手にしなさい！」

生徒会室からみんな出ていっちゃいました。

会長。権力ってね、こうやって使うんですよ。

☆彡

「これはなんですか！」

もう学食で食事中に、生徒会メンバーを引き連れて怒鳴り込んでくるのはやめてほしいですね生徒会長……。ほらセレアもジャックもシルファさんも、先日友達になってくれて一緒に席についているハーティス君もびっくりしちゃってるじゃないですか。学食で食事している生徒が全員こっち見ていますよ。

「会長の承認をいただいて決定した生徒会行事のスケジュールを、僕がガリ版で印刷し、各クラスに配布して朝のホームルームで配った生徒会広報誌ですね」

「そういうことを聞いているのではありません！」

怒っていますね会長。

「会長、お鎮まりください。腰痛が悪化しますよ？」

「よ、腰痛？」

「先日、教育大臣にちらっと聞かれたんですけど、『ストラーディスの小娘が、腰痛がひどくて専用の馬車で横になれないと通学できないと申請してきておると文官が言うんだが、これ認可していいのかね？』って聞かれましたんでね、しょうがないから認可してやってくださいって頼んでおきました。どうぞお大事に」

「ぐっ……」

　つまり今後も学園の絶対女王、生徒会長エレーナ様が乗合馬車を使わず、公爵家四頭立て馬車で通学できるかどうかは僕しだいってことです。理解できましたかね？

「ストラーディス公爵も腰痛を理由にもう何年も御前会議に出席していませんよね。『あの一族は腰痛ばかりで大変だな』と陛下も笑いながらお見舞いのお言葉をくださりました。あまりご心配かけるようなことはなさらないで、ご自愛くださいね生徒会長」

「……」

「でもお元気そうでなによりです。でしたら教育大臣には心配ないって申請を取り消し……」

「いたっ。いたたたたた……」

　会長、しゃがみ込んでしまいました。学食のみんなが笑います。

「どうぞご着席ください。一緒に食事にしましょう」

　恐ろしい顔をして僕をにらみながら、副会長が椅子を引いてあげて、テーブルに会長が同席します。

　ジャックの隣になります。

「では質問の内容をもう一度具体的に、この場にいる全員がわかるようにご説明ください」

「この生徒総会というのはなんですか！　勝手にスケジュールに加えないでいただきたいわ！」

　なんだそんなことか。

「生徒総会を行うのは生徒会の義務です。生徒会運営条項にちゃんと記載されています。毎年やっているはずです。担当教員が作成したスケジュールにも抜けていたようなので、先生に言って追記してもらいました。会長の承認もいただき、すでにサインされていますよ？」

「わたくしはこんなもの承認した覚えはありません！」

「見落としましたね？　その程度のチェックもできてないと。ちらっと見ただけでサインしちゃいましたもんね会長は」

学食から失笑が漏れて視線が集まり、会長が赤くなります。

「だいたいなんで生徒総会をしないのです。数年前から一方的にやらないことにしたようですが、やるとなにか困るのですか？　生徒会の活動報告と、会計報告、特に全校生徒に報告して困る内容などないでしょう。あるんですか？」

「……生徒会は伝統ある組織です。生徒の信任を得て……」

「だからその信任を得る場が生徒総会です。それを勝手に廃止して生徒の信任を得たといったい誰が言えるのです。仕事をサボるのもいいかげんにしましょうよ会長。最低、生徒総会ぐらいは主催できる有能っぷりを見せてください」

「この野郎……」

副会長がぼそっと言っちゃいますね。まあ聞き流しましょう。

「特に会計はしっかりしてくださいよ？　そこが生徒総会のキモですから」

思いっきり釘《くぎ》を刺します。要するに、今まで生徒会室で飲み食いした分は自分のポケットマネーからちゃんと補填しておけってことです。

「生徒総会は学年度末です。まだ丸々一年近くありますよ。準備期間としては十分すぎるでしょ。それぐらいちゃんとやりましょうよ生徒会長」

「……会長にそんな口をきいて」

書記さんが凄い目つきでにらんできます。会長の信奉者なんですねえ。

「『この門をくぐる者は全ての身分を捨てよ』です。裏口から入学したんですか書記さんは？」

学食のみんなが笑うのを書記さんがギロッとにらんで黙らせます。

人に笑われたことがないんですかねこの人は。僕なんてみんなに笑ってもらえるように、自虐王子ジョークを何本も持ちネタで用意しているぐらいですけど。まあ、だいたいが「セレアに怒られた」オチですが。

「学園の最初の行事はスポーツ大会です。運営、がんばりましょうね。さ、食べましょう」

そのあとみんなで和やかに昼食をとりました。

「ジャック、カルボナーラおいしいよ。君のところの産物だよねこれ」

「わかるか。今年からうちの乳製品、学園食堂に卸すことにしたからな。最高のバターとチーズを入れさせてもらってるよ」

「嬉しいね――――！　会長もぜひ食べてみてください！　学食の名物メニューになりますよこれは！」

食べないんですか会長。昼休み終わっちゃいますよ？

昼食が終わり教室に戻りますと、例のバカ担当、ピカールが踊るような足取りで教室に入ってきて、くるっと回ってアクセサリーをきらりと光らせ、僕の机に手をつきます。

「やあっ！　シンくん。今日は友人であり、終生のライバルでもあるきみにぜひ頼みがあるんだが！」

教室の女子が「きゃあああああー」とか歓声を上げてます。ファンいるんだ。こんなやつに。

「友人とかライバルとかについては一度ちゃんとお話ししないといけないかもしれませんね。で、用というのは？」

「重大問題が発生してね、教科書を貸してほしい～♪」

「ヤダよ。君、なんか返してくれそうな気がまったくしないし。教科書忘れたのかい？」

「失礼な……。教科書をなくしたレディが困っているのさ。あいにくぼくはクラスが違うし、今日は歴史の授業はないのでね。代わりにぼくが借りてきてあげようかと」

人の教科書で女の子にいいカッコすんなよコイツ……。

「なくした？」

「……まあ、いろいろさ」

「その女生徒なんて名前？」

「なぜ女生徒とわかるのかね～え？」

「今自分で『レディ』って言ってたじゃない……」

「リンス・ブローバー嬢だよ」

……またいじめかな？　僕は歴史の教科書を出して立ちます。

「じゃ、行こうか」

「きみが行くまでもないよ。ぼくに任せたまえ！」

「いいからいいから」

僕はヒロインさんのクラスがどこにあるかなんて知らないってことになってますんで、ピカールに先導してもらって隣のＢクラスまで行きました。

女子がキャーとか言って騒ぎます。ううう、ヤダなあ。

ヒロインさん、机に座って、目に涙いっぱい溜《た》めています。これは男だったらなんとかしてあげたくなるかもしれませんね。

「やあリンダさん、教科書忘れたんだって？」

「リンスです！　忘れてないです……。でも……」

机の上のノート、文房具、教科書……。その教科書がビリビリに破られていますね。あーあーあー、そういうことか。

「なるほど、教科書破れちゃったんだ。お気の毒に」

「……シンくん、その言い方はないだろう。これは明らかに……」

そう言いかけるピカールを制します。

「えーと、リング嬢？」

「リンス・ブローバーです！」

「はいはい、では僕の教科書を君にあげます」

教室がざわっとしますね。ポケットから万年筆を出して教科書の表紙に書きます。

「……シン・ミッドランドより……年月日……っと」

ヒロインさんが目を真ん丸にしてビックリし、僕を見上げます。

「さ、立って」

「はい！」

ガタっとヒロインさんが立ちます。

「この歴史教科書をラステール王国第一王子、シン・ミッドランドより下賜《かし》する。受け取りなさい」

「は、はい、ありがとうございます！」

ヒロインさんが頭を下げて教科書を両手で受け取ります。

「この教室にいるみなさん、証人になってください。以後、この教科書を破るものがあれば、王家より下賜《かし》された御下賜品を毀損したことにより罪に問われます」

教室がしーんと固まります。

「じゃ、こっちの教科書は僕がもらうから」

そう言って机の上のビリビリに破られた教科書をひょいと取り上げます。

「い、いや、それじゃ！　それじゃシン様が困るでしょ!?」

「『様』はやめてって言ってるでしょ。この国の歴史なんて嫌というほどもう頭に入ってるよ。破れていても別に不自由ないね」

そして教室を見回します。

「これでこの教科書は僕のものです。誰ですかね僕の教科書を破るなんてみみっちい嫌がらせをしたのは。しかもこれ歴史の教科書ですよ？　この国の歴史すなわち王家の歴史でもありますよね。あえてそれを破るとはそこに込められた意図を考えなければなりません。徹底的に調べてみるとあるいはこのクラスから……」

「シンくん」

「ん？」

ピカールがしかめっ面です。

「やりすぎ」

「冗談だよ」

そう言って笑いますが、教室のみなさんは笑えませんか。ま、これぐらい脅かしておけば十分でしょう。

「それではみなさん、僕の教科書を破るなんて、僕に対するいじめはもうやめてね。僕泣いちゃうからさ。じゃ、そういうことで」

さっさと教室を出て自分のクラスに戻ります。すぐに先生来ちゃいますし。まあこれで教科書を破るなんて事件はもう起きないでしょ。


あとでこのことを下校の帰り道でセレアに言いますとね、うーんって思い出しています。

「好感度の高いキャラが別のクラスの場合、教科書を忘れたんで借りに来るってイベントはあります。教科書を破られるって嫌がらせイベントもあるんですが別々でした。それがなんか一緒になっちゃってますよねそれ」

「どっちも学園じゃフツーにありそうなことだよねソレ。イベントとかもう関係なくなってんじゃないのかなあ」

「私への断罪イベントで、『彼女のこの教科書を破ったのも君だろう！』って、シン様がそれを私に突きつけてくるんです……。その証拠の品を、シン様が本当に手に入れちゃうんですね。なんか強制力を感じます」

「ひどいな僕……。でも今日も僕、朝から昼休みが終わるまでずっとセレアと一緒だったし、それをジャックとかみんなも、生徒会長までそれ見ているし、破りに行くヒマなんてなかったでしょ。セレアが破ったなんて思うわけないよ」

「ありがとうございます」

セレア、ちょっとだけ、にっこりします。

この教科書、証拠になるんならもう燃やしちゃおうかな……。

「クラスの雰囲気も悪かったし、まあヒロインさんみたいに学園のいい男に片っ端から八方美人してたら、そりゃあ誰に教科書破られたって不思議じゃないよね」

「もしかしてそれ、ピカールさんの好感度が上がるイベントだったのかもしれませんね」

「なるほど」

「それをシン様が横取りしちゃったってことになりますか」

「あっはっは!!　そりゃあ悪いことしたね！」

ってことは今ヒロインさんに一番好感度高いのはアイツかい！　笑えるんでどんどん仲良くなってほしいですね僕は。お似合いだと思いますよ。

「次こんなイベントがあったら、邪魔しないであげようかな」

「なんかもうどっちでもいいような気がします」

セレアもそんなこと言って笑ってくれましたね。

あとでヒロインさんの教科書見たら、隅っこにちっちゃい絵が描いてあるんですよね。なんだこれってめくってみると、少しずつ違う絵で。いろいろいじくり回しているうちに気が付いたんですけど、これ、本を丸めてパラパラパラパラって指で少しずつめくっていくと絵が動くんです！

すごいなこれ！　リンゴが二つに割れて猫が飛び出してお尻を振って……破られてたんで途中まで

しかないんですけど。最後どうなってたのかなぁ。すごい気になる。
……いや授業はちゃんと受けてほしいとは思うんですけどね。

4章 ヒロインさんとの攻防

「わあ、サッカーボールですよね、これ！」

セレアがフットボールを見て喜びます。

「フットボールだよ。さっかーってなに？」

「どっちも同じだったような……うーん、どうだったっけ。要するに足だけしか使っちゃいけないスポーツですよね」

「まあそうだね。手を使っていいのはゴールキーパーだけだよ」

学園の大がかりな行事としてはこれが最初、体育祭です。クラス対抗でこれを行います。代表選手は八人です。生徒会の手抜きのせいで競技はこれだけ。主催するのは体育委員会ですから生徒会は例によって特になにもやっておりません。一年生から三年生まで分けて、学年で勝ったチームが上級生の勝利チームと対抗する勝ち抜き戦です。

一年VS二年で勝ったほうが三年と戦うので、下級生のほうが試合数が多くなるシステムですから不利ですねえ。まあしょうがないか。総当たりとかやるほど時間もスタミナもありませんし。来年からはくじ引きトーナメントに変更させようっと。

不参加の男子と女子は全員、クラスの応援で観戦するだけです。つまり体育祭に参加するのはクラスの三分の一だけ。来年からはもうちょっと多くの人が参加できる行事にしたいです。

スポーツってのは男がやるものなんだからこれが当たり前なんですけど、考えてみれば女生徒も参加できるようなスポーツもなにか考えないといけないかも。授業だと男子が体育の授業でフットボールしている間、女子はバレエですもんねえ……。

「十一人じゃないんですか?」

「そんなにいっぱい必要ないでしょ……。二十二人もグラウンドにいたら誰が何やってるかわかんないよ」

「私この世界でサッカー見るの初めてです。私の知ってるサッカーよりグラウンド狭いですし」

「サッカーじゃなくてフットボール！　セレアどんだけ箱入り娘だったの?」

「私の領ではこんなことやってる人いませんでしたので」

ぽんぽんぽんってボールを手で弾ませて喜んでますセレア。

「これなんで作ってあるんでしょうね……。革を張ってありますけど、ゴムとかありましたっけ」

「ゴムは南方の輸入品であるけど、ボールは牛の膀胱《ぼうこう》を使うはずだよ。中で膨らませてあるんだよ」

「牛の……」

僕のクラスは当然運動得意な男子で固めて勝ちに行くぞって怪気炎上げてます。僕はゴールキーパー。やりたがる人がいませんでしたので立候補しました。いいんです僕は。もうお嫁さんもいるし、女の子にキャーキャー言われる必要もないですから。

「いや、それはナシだろ」

「いや、むしろ逆にアリじゃね？」

「アリかもな……」

キーパーに立候補した時はクラスが微妙な雰囲気になりましたが。ええ？　なんで？

☆彡

試合が始まってみると、うちのクラス強いですね！　全然ゴールにボールが飛んできませんよ！　ジャックが決めてくれて一点入りました！　やったね！　応援してるシルファさんが大喜びしています。試合時間は二十五分。まず初戦を撃破して、一休み。セレアが後ろからタオルをかぶせて、水筒の水を渡してくれます。

「僕、全然出番なかったな――」

「当然ですよ……気が付きませんでした？」

「なにが？」

「王国の第一王子がゴールキーパーやっていたら、誰もゴールにボール蹴り込めないじゃないですか。当たったらどうします？」

「そうだった――――！」

それでか‼　言われてみないと気が付かないことってあるもんです！　まだまだだね僕。

「ちょっちょっちょっ、みんな、選手交代していい？」

「いや、いまさらそれは……」

「シン君ゴールキーパーで練習してきたし、いまさら……」

「シン、今になってめんどくさいこと言うなよ！　キーパーなんてすぐに代わりが利かねえだろ」

ジャックにも怒られます。しょうがない、続けますか……。

二回戦、相手がよく守ったので両者無得点、ＰＫ《ペナルティキック》戦になりました。ゴールキーパーの僕の責任重大です。この場面で出番が来ちゃうとは……。

「シン・ミッドランド！」

なんかえらくカッコいいやつが前に出ていきなり僕をフルネーム呼びですね。それはちょっと恥ずかしいのでやめてほしいです。

「……俺はお前を認めない！」

うーん、何を認めないのかお話聞かせてほしいです。

ピーッ！　笛が鳴ってＰＫ、一人目！

うおっ！　僕の顔面狙って矢のような強烈シュート来ました！　真正面でしたから、一歩も動かずキャッチしました。人間ってのは不思議なもんで、にらみつけてるところに蹴り込んじゃうんですよね。これ、目線と違うところに蹴るってのは、それなりに練習が必要だと思いますよ？

ハイ次。彼、ちょっと悔しそうに退場します。

「なんでいきなりど真ん中に蹴るんだよ！」と仲間に突っ込まれておりますが無言で歩き去ります。

ＰＫ戦なんてキッカーが圧倒的に有利なんだから、右か左か上か、とにかく正面以外を狙えばたいていはゴール入っちゃうのにさ……。

そんなわけで僕が最初に止めた一本が決定ゴールになり、僕らの勝ち。次は二年生チームが相手です。その前にお昼休み。セレアと二人でグラウンドを囲む土手の草原に座り、お弁当です。

セレアの手作りサンドイッチ。おいしいですよ。次も試合が控えているのでお腹《なか》いっぱいは食べられませんが。

「見てください。イベント、始まっちゃいました」

セレアに言われて見ると、さっき僕の顔面狙ってシュートした彼に、ピンク頭のヒロインさんが歩み寄っています。座り込んで不貞腐《ふてくさ》れている彼に、後ろに手を組んで彼の顔を覗《のぞ》き込むようにして話しかけていますね。

「えっ彼、攻略対象？」

「フリード・ブラックさんですね……」

あーいたいたそんなやつ。侯爵の息子だったたっけ。黒髪、黒目で無口、不愛想、人嫌い、誰にでもタメ口なクール系担当。もちろん切れ長の鋭い目つきのめっちゃイケメンです。孤高のヒーローで女性を寄せつけないオーラがあります。要するに斜に構えたカッコウつけです。

「……あんなやついったいどうやって攻略すんの？」

「えーと確か『すごいねフリード君、あの王子の顔面にシュート蹴り込むなんて！』、って言うんです。フリードさんは『すごくない。止められた』って不機嫌なんですけど」

セレアが二人を遠くに眺めながら、セリフを再現してくれます。

「『だってみんな王子様だからって蹴り込めなかったのに、フリード君は本当に顔めがけてボール蹴っちゃうんだもん、すごい勇気！』とか言うと、『王子も殿下も関係ない。俺はそれをアイツに教えてやっただけだ』って大威張りで」

「いやいやいや、僕いつもそれ自分で言ってるよね。入学式からずっとみんなにそうしてくれってお願いしてるでしょ。なにをいまさらだよ」

「『うん、私にはそれがわかったよ。フリード君が意地を見せたんだって！』とか言ってるはずです」

「いやあアレはどう考えてもミスキックでしょうに……。僕をダシにして男を口説くのはやめてほしいですね……」

「ほら、フリードさんきゅんきゅんしちゃってます」

タオルで自分の頭と顔をごしごし拭いていますね。照れ隠しですかね。

「『お前になにがわかる』、『わかるよ。王子だろうがなんだろうが、コートの上では対等だ、卑怯《ひきょう》な作戦を使わず正々堂々勝負しろって、言ってやりたかったんだよね』」

セレアのセリフの再現率すごいです。ほら、フリード君びっくりして顔を上げてヒロインさんを見ますもん。うあああああ、やっぱり王子がゴールキーパーって卑怯だったんだ！

ごめんなさい僕もう来年からはやりませんから許してください。

「ほらもうフリードさん、ヒロインさんからお弁当分けてもらって食べちゃってますよ。ヒロインにだけは、心開いて話してくれるようになるんです。ゲームのプレイヤーはそこにきゅんきゅん来ちゃうわけです」

「餌づけかい！　かわいいなフリード君！　そこはもうちょっと粘ろうよ、クールキャラがそんなにチョロかったらダメでしょ！」

なるほどそりゃひとたまりもなく陥落しちゃうかもしれません。こうしてヒロインが対象者を攻略している場面を目の当たりにするとそれがよくわかります。恐るべしヒロイン……。

食べているのはフライドチキンなんですけど。

「なんか手を打っておくべきだったかなあ……」

「無理だと思いますね。今日のヒロインさんが誰を応援するかなんて、予想がつきませんし」

「それもそうか」

「それにそもそも人の恋路を邪魔するってのが、あんまりいい発想じゃないと思いますよ……」

ぐはあ。いや、セレア、それ言っちゃあ……。

「セレア、僕、すごーくよくわかったよ。納得した。ヒロインさんはね、この女、もしかして自分のこと、好きなんじゃないか？　って相手に思わせるのがものすごく上手なの。男ってのはバカだから誰でもかわいい女の子にちょっとチヤホヤされるだけでその気になっちゃうの。意識し出すと止まらなくなっちゃうの」

「それですね！」

セレアが我が意を得たりという感じで手を打ちます。

「僕も上手にセレアに攻略されちゃったのかなあ」

「知りません！　悪役令嬢が王子を攻略する方法なんてないですし！」

「あっはっはっはっはっはっは！」

僕が好きになったのは本物のセレアです。僕に合わせて作ったセレアなんかじゃありません。

ちょっと怒ってるセレアを抱き寄せて、ほっぺにキスしちゃいました。


その後、二年の優勝チームとも対戦してなんとかギリギリで撃破できましたが、三年のチームには負けました。生徒会長の絶対女王。公爵令嬢、エレーナ・ストラーディス様が自らのクラスの三年チームに「死んでも勝て、王子と思うな」とハッパをかけましたもので、全員僕ら一年チームを殺す気でかかってきまして。審判もいろいろやらかしてくれたもんで勝てるわけないですね。

「僕もう、来年からゴールキーパーやらないから」

試合後、メンバーに引退宣言します。

「えーえーえー……。せっかくシン君がいるのに、利用しない手はないだろ」

チームの男子から抗議されます。

「君たちねえ、来年もあの視線に耐えられる？」

僕が指さすと、観戦しているクラスの女子たちの目の冷たいこと冷たいこと。王子をゴールキーパーにして敵が蹴り込めないようにする作戦、めっちゃ不評ってことです。ほらセレアまで半目ですもん。

「……わかった。わかったって」

あとで、同じ一年チームの他のクラスに、「あれは卑怯だ」、「ないわー」ってさんざん抗議されました。ですよね——。ごめんなさいみんな。僕もうゴールキーパーやりませんから、許してください。

帰り道、二人で歩道を歩きます。

「セレアもしかして僕がゴールキーパーやる展開知ってた？」

「はい、覚えてました」

「だったら止めてくれてもよかったのに……」

「シン様、ゴールキーパーが大好きなんだと思って……」

それでか。

「ゴールキーパーなんて地味な役みんなやりたがらないから、しょうがなく立候補したんだよ」

「私のいた世界じゃゴールキーパー、『守護神』なんて言われてて、一番かっこいいポジションですよ！　地味だなんて思ってる人いませんからね！」

世界が変わると価値観も違うんだねえ……。

「ねえセレア、女性にもできるスポーツってなにかないかな」

「うーん……。女子は男子が体育やってる時間はバレエですから」

「そうかあ……」

「私の前世では、男女でもやるスポーツはまったく同じですね。差はないです。たいていは男女別に競いますけど」

「凄いなあそれ。僕は女性が男とおんなじスポーツやるなんて全然想像つかないや。どんな競技があるの？」

「こっちで女性でもできるスポーツ……。私の国だと弓道とか女性に人気です」

「弓か。弓……。確かに弓なら体力どうこうより、うまい下手だから女性でも競えるかも。でもこの国では女性に戦わせるのは男の恥だから、女性に武術はやらせないよ。反対されちゃってダメだなあ」

「やっぱりダンス？」

「ダンスは競うものじゃないし……」

「男女同権って、まだまだ難しいですね！」

セレアがぷんすかします。セレアの世界じゃ男女同権が進んでいたんでしょうか？

こっちじゃあ、貴族の女性は結婚相手も自分では決められません。そう考えると、僕、ずいぶん非情な人生をセレアに強いています。それ考えると辛《つら》いな……。

「セレア？」

「はい」

「その……。セレアは、こっちの世界と、前世と、どっちがよかった？」

「……」

セレア、ちょっと困った顔して、でも、笑ってくれました。

「十歳までしか生きられなかった世界より、こっちのほうがずっといいです。大人になりたいなんて、そんな当たり前の夢さえ、私はかなえることができなかったんですから……」

それもそうか。

本当に、そうだといいな。

☆彡

「あ、フリード君だ」

いつものメンバーで昼休みに学食へやってきますと、あのクール系攻略対象、フリード・ブラック君が窓際の席でボッチ飯をしております。つまらなそうな顔でマズそうに食べていますね。そう、こういうやつはいつも不機嫌そうにして人が寄りつかないようにしてるんです。クール系の特徴ですね。

貴族のパーティーでもこういうやつ一人はいるんですよ。なにしに来てるんだって思うんですが、要するにそうしている自分カッコいいとなぜか思っているってことになります。理由は不明ですけど。

「僕ちょっと話してくる。みんなでご飯食べてて」

セレアがちょっと不安そうですけど、ま、情報収集です。どんな人間かってやつは、やっぱり本人と直接話してみるに限ります。パスタとパン、スープのトレイを持って、彼の前の席に座ります。

一瞬、驚いたようですが、すぐに表情を戻して無視しますね。

「こんちは」

「……なんだ?」

出たクール系。

「いやあ、君とは一度話をしておこうと思って」

「俺に関わるな」

うーん……そう来るか。

「君は関わりたくない相手にフルネーム呼びをして指さして、『俺はお前を認めない』ってわざわざ言うのかい……」

一瞬手が止まりましたが、無視を続けるようです。

「あんなみんなが見ている前で『認めない』と宣言した以上、なにを認めないのか本人にちゃんと聞いておきたいと思うだろう普通。おかしいかい？」

「……あんな汚い作戦は認めないと言ったんだ」

あーあーあー、やっぱりそれか。

「王子がゴールキーパーやってたら誰も蹴り込めない、あとが怖い、と？」

「そうだ」

「それはごめん。気が付かなかった。あとで言われて確かにそうだなって思ったよ」

「ウソをつくな。明らかにそれを狙っての作戦だろう？」

「いやあ、僕がゴールキーパーをやっていたのはクラスで誰もやりたがらないから、しょうがなく立候補しただけなんだ」

「ウソだな。お前のクラスもお前の支配下にあるってことだ」

なんなのその妄想。

「そうかなあ……。僕、ゴールキーパーに決まってから毎日練習で五十発以上チームの連中に蹴り込まれて特訓させられたよ。遠慮なんかないねみんな」

「それもウソだ。あり得ない」

「だとすると、その程度の練習もしていないやつに君はシュートを止められたってことになるんだけ

ど……」

　おっと、目の下がヒクヒクしてます。

「……お前にはあの程度で十分だと思っただけだ」

「手加減ありがとう。おかげで勝てたよ」

「貴様……」

　思いっきりにらんできますね。

「俺は貴様が王子だの殿下だの認めないからな」

　認めない項目が一つ増えてしまいました。

「君に認められてなにかいいことでもあればいいけど、とりあえず王子と思ってくれなくても全然かまわないよ。僕、入学式からずっとみんなにそう言ってるんだけど、いくら言ってもなかなか理解してもらえなくてねえ……。できれば君のクラスの人たちにも、僕のことを王子だと認めなくていいよって伝えてほしいな」

「……断る」

「そうか、残念。『僕の顔面にシュート蹴り込める君』になら頼めると思ったのに」

　はっとした顔になって僕を見ますね。

「『みんな王子様だからって蹴り込めなかったのに、君は本当に顔めがけてボール蹴っちゃうんだもん、すごい勇気！　王子も殿下も関係ない。君はそれを僕に教えてやるって意地を見せたんだよね』」

僕もヒロインさんのセリフを再現してみましょう。

「お前にそんなことがわかるはずがない！」

「『わかるよ。王子だろうがなんだろうが、コートの上では対等だ、卑怯な作戦を使わず正々堂々勝負しろって、言ってやりたかったんだよね』」

フリード君混乱しております。素になってますな。ええええええ？　って顔しています。

「ま、とにかく僕がゴールキーパーをやったのはちょっとマズかったのは事実。それを謝りたかった。来年からはもうやらないから、これからも遠慮なしで頼むよ。君みたいに僕のこと、『お前』とか『貴様』とか呼ぶやつはあんまりいないから、貴重だしね」

食べかけのトレイを持ち上げて、セレアたちの席に戻ります。

「ジャック、アイツどんな顔してる？」

僕は彼に背を向けていますのでね、正面のジャックに聞いてみます。

「ポカーンとしてるよ」

ジャックが笑いをこらえていますね。

「シン様？」

「ん」

セレアにちょっとにらまれます。

「また、やりすぎたんでしょ？」

「……ゴメン」

どこにでも現れるピンク頭が学食にやってきて、ボッチ飯君の反対側の、さっき僕が座っていた席にトレイを持って座ります。ヒロインさん、せっかくきっかけができたんだから、さっそく攻略の続きですか。どうでもいいです。無視しましょう。

「スポーツ大会、フットボールだけで参加者が八人限定って少なすぎると思うんだ。なにか女子や、他の男子も参加できるような競技を追加できないかな？」

「そうですね……。そういうのがあれば僕も参加できるんですが」

文芸部員のハーティス君はスポーツが苦手ですか。うん、なんかイメージ通りです。

「歌留多ってどうでしょう？」

「カルタ？」

……セレアの前世知識かな。

「はい、古文や詩文、ことわざなどが書かれた札を二枚ずつ、百組作り、それを一組バラバラに床に並べるんです。二人以上で向かい合って座り、審判の読み手が一組の札を切って読み上げて、取り手が札を手で押さえて取るんです。たくさん取った人が勝ちです」

「へえ、優雅な遊びですね」

ハーティス君が感心しますね。

「そうでもないです。記憶力と反射神経が試されます。遠いところにある札は体を伸ばして取らなきゃいけないし、きゃーきゃー、一枚取るたびにけっこう大騒ぎになりますよ？　難しいものは下の句って言って、取る札には詩文の下半分しか書かれてなくて、読み手は上の句、前文から読み始めますから、詩文を全部覚えてないと先に取られてしまいます」

「それって、たとえば四行詩だったら、取る札には下の二行だけしか書いてないってことですか？」

「そうです」

「教養と詩文に対する造詣《ぞうけい》も必要ですね……。なるほど、上流階級の婦女子の勉強、嗜《たしな》みにもなるでしょう。古文嫌いな男子連中にもいい勉強になるかもしれません」

ハーティス君がうんうんと頷《うなず》きます。

「授業でも詩文の朗読とかさせられますし、読み手にもいい勉強になりますね！」

シルファさんが喜びますね。そういうの好きなのかな？

「俺はそんなの苦手だなあ。そんなのよく知ってるねえセレアさんは」

ジャックはフットボール出場してりゃいいでしょうに。

「千年も前からある遊びですし」

すごいなあ。セレアの前世の文化、奥が深いなあ……。

「うん、なんかできそうな気がしてきました！　それ、文芸部で編さんして作ってみましょうか！」

ハーティス君がやる気です。これは期待できそうですね。

放課後、図書室に行ってみると、テーブルに詩集の本が山積みされてまして、文芸部員がアレを入れる、コレを入れると古今の有名な詩文を選んでカードにいっぱい書いて、箱にどんどん入れてました。

「なにこれ？」

「いやあ候補が多くて、百枚を軽く超えてしまいましたので、箱に入れて引いてくじ引きにしようかと」

「真面目にやってよハーティス君……。この先千年経《た》っても後世に残るかもしれないんだからさ、有名無名に関係なく優れた詩を残そうよ。ちゃんと価値を一つ一つ議論して」

「そうですね……。貴重な文化財になるかもしれないんだから、ちゃんとやります」

試しに箱から一枚抜いてみます。

「『一九九九年七の月、空から恐怖の大王が降るであろう。アンゴルモアの大王を蘇らせ、その前後にマルスが世界を支配するために』。……なんだこりゃ。誰が入れたの？」

セレアがさっと目をそらします。また君か。ちゃんと気をつけないとそのうち魔女扱いされちゃっても知らないよ？

☆彡

一週間ぶりのお休み。なんだかんだ言って学園生活が今の僕のメインですから、休日は公務に潰され、こんなふうに休みを取るのは本当にひさしぶりです。

今日は時間がいっぱいありますので、街をぶらぶらしながらセレアの住むコレット公爵家別邸まで歩いていきましょうか。それからデートですね。雑貨店で買い物でもして、僕の平民服コレクションでも増やしましょう。本屋にも行ってみたいな。

「あー！　王子様ぁあー！」

だーっとピンク頭の元まで走っていって口をふさぎます。

「ぎゅむむむむぅうう！」

「街中で王子禁止！」

手を放します。ぷはあっっと息を吐き出してヒロインさんが僕をにらみます。

「ひどいです！　婦女暴行未遂です！」

「ほんとどこにでも現れるな君は……。公務執行妨害だよ」

「こうむ？」

「こうして街の視察をするのも僕の仕事。今の僕は公務中。僕の周りを護衛の者がそれとなく取り囲んでいます。邪魔すると君、問答無用で逮捕されるよ？」

「ウソだあ！」

「ホントです」

パチン、指を鳴らしますと、がしっとヒロインさんの手がシュバルツの手につかまれます。

びっくりしてシュバルツの顔を見上げるヒロインさん。そのまま路地裏に引きずられます。街にいた衛兵も何事かと駆け寄ってきますが、僕とシュバルツの顔を見て全員整列して路地裏をふさぎます。

「彼女を頼むよ……」

「はい。公務執行妨害、および機密漏洩《ろうえい》罪で現行犯確保。十時二十五分。さ、事情聴取しますので衛兵詰め所までご同行くださいお嬢さん」

「き、機密漏洩罪ってなに！」

「本日殿下はご身分を隠しての公務です。それを市街地で公《おおやけ》にしようとしたからです。王子様って大声で呼びましたよね？」

「私はフローラ学園の同級生よ！　義父《ちち》はブローバー男爵で……」

「だったらなおさらダメです。平民でしたら説教して終わりですが、お貴族様と判明した以上、拘束して男爵邸に送り返し、後日王室より正式に男爵様に抗議が行きます。お沙汰をお待ちください」

「ええー!!　王子とか関係ないって言ってたじゃない！」

「それはあくまで学園内の話です。貴族でしたら公私の区別はつけてください」

護衛のシュバルツとヒロインさんのやり取り、笑えますねえ。

「シュバルツ」

「はい」

「今日は見逃すから、衛兵に十分経ったら解放するよう指示して」

「了解しました」

「えーえーえー……」

なに不満なのヒロインさん。逮捕しないって言ってるんだよ？

「帽子持ってる？」

シュバルツが懐からつば広帽子を出してくれましたね。さっきのやり取り見た市民もいたでしょうからね。

「ありがとう。じゃ、リンクさん、よい休日を。また学園で」

「リンスです！　リンス・ブローバー！」

僕はシュバルツから借りた帽子を深くかぶって、盾になってくれている衛兵たちにちょっと手を上げて反対側の路地から街に戻ります。

コレット公爵家別邸に行ってセレアと一緒に、外のテラスで昼食の時その話をしました。

セレアが自分で台車を押して食事を持ってきてくれるんですよね。ベルさんが引退してからセレアには専属のメイドさんはいません。もう学生ですからね。屋敷にいるメイドさんの誰かに頼むことはあっても、自分のことは自分でやりますよセレアは。僕へのもてなしも、セレアは一人でやりたがりますし。

僕は……いわれてみれば僕も専属メイドさんがついたことはないですね。だいたいメイド長が仕切っていて、役割分担ができていますから。一人が僕にかかりっきりってことは物心ついた時にはもうなかったです。王宮のメイドはベテランさんばかりになりますので、若い女性なんていませんしね。

僕も自分のことは自分でやるってのが身についています。着替えまでメイドにやらせるなんて田舎の俗物貴族がやることですよ。王家はそんなこと人任せにしたりはしません。いざという時、自分でできないということはあってはならないのが王家というものです。

「やりすぎですシン様……」

ヒロインさん逮捕の話を聞いて、さすがにセレアが真顔になります。

「一度それぐらいの目にあわせないと、毎度こんな騒ぎになると思って」

僕にしたらたまったもんじゃありません。貴重なセレアとの休日、こんなことで台無しにされたくありません。市民に王子ってバレたら、うかうか街も歩けなくなるじゃないですか。

「しょうがないなあシン様は……。いろいろ面倒くさいですねえ」

「ホントしょうがないなあと思うよ。さ、そろそろ外出の準備して。貴重な休みだよ！」

こんなのいちいち気にしてられますかっての。

さ、おでかけおでかけ。

☆彡

学期末試験も終わりまして、なんとか学年一位で終えることができました。王子の面目躍如です。

「……シン、お前さあ、テストの問題前もって教えてもらったりしてないよな？」

貼り出されたテスト順位の前で、なんとか補習を免れたジャックにそんなイヤミを言われます。

「僕はさあ、この学園に入る前に、ここでやるような勉強はもう一通り済ませているからね」

「なんかそれズルくね？」

「……二倍勉強してることになるとは思わないの？」

「それじゃあ僕が敵《かな》うわけないですね！」

一緒にテスト順位を見たハーティス君がそう言って笑います。それでも二位ですよハーティス君。やっぱり優秀なんだなあと思います。普通の学生よりいい王宮教師に指導を受けて、倍も勉強している僕と同レベルなわけですから。

セレアも頑張ってます。十二位です。ヒロインさんは一年生百二十人中、五十位ぐらいとまあ中間レベル。貴族教育などなにも受けてない平民出身としては驚異的と言えるかもしれません。セレアの言うゲーム内では誰を攻略するかでも違いますが、僕を抜くこともあり得るとか。油断なりません。


学園も一段落しましたのでね、みんなで図書室に向かいます。図書委員、文芸部員のみんなともすっかり仲良くなりましたので、なんとなしに放課後は図書室で過ごすことも増えました。

「みなさんは夏休みはどう過ごされるのですか？」

ハーティス君が人懐っこく聞いてきます。ほんと癒《いや》されます。僕らこの学園内では常に緊張を強いられていますから、こういう友達はありがたいです。

「学園生活に時間を取られる分、公務がおろそかになっているから、夏休みの間にそれを取り戻さないといけなくて……。実はほとんど休みはないんだ」

王子生活も厳しいです。

「ってことは今年は俺んち来れないわけ？」

避暑に毎年ジャックのワイルズ家にセレアと二人でお邪魔していました。もう恒例になっています。

「行けないね。残念だけど。来年はぜひ時間を作りたいよ」

「そっか……。俺けっこう師匠のブートキャンプ楽しみにしてたんだぞ？」

「やるとしたら今年からはシュバルツが担当になるかな」

「それはそれで楽しみだ。惜しいなあ……」

「ブートキャンプって、なんなんです？」

ハーティス君が聞いてきます。

「ひ・み・つ・だ。参加してのお楽しみだな。ヒマだったらお前も来いよ」

あの体育会系の特訓を毎日やるわけですがね。泳法、馬術、弓に剣術、ハーティス君は泣いちゃうかもしれませんね。

ジャックもすっかりハーティス君のこと仲間として受け入れてくれているんだからわからないものです。ひねくれ者のジャックと秀才タイプのハーティス君、水と油のような気がしますが、今のジャックは全然ひねくれ者じゃなくなっていますんで。

ジャックの婚約者のシルファさんは……、補習ですね。学園の寮に残って、勉強をしなければなりません。青い顔をして掲示板の順位を眺めていました。

「あ……。シルファ、気を落とすな。今年は俺も帰らないで寮に残るよ……」

ジャックがそんな気を使えるようになるとはねえ。成長したものです。

「いえ、いいんです。みなさん、ジャック様と一緒に避暑に行ってください……」

「いやあ、せっかく学園に入学して初めての王都だぞ？　あんな辛気臭い田舎に帰るより、王都で夏休み過ごしたほうがずっといいって。こっちにいればシンもセレアさんもハーティスもいるんだしさ」

うん、ジャック、それでいいよ。それでこそ婚約者。いつも彼女を支えてあげてほしいです。

ジャック、シルファさんにツンツンすることが今はもうまったくないんですよ。本当にもう、「かわいい彼女」って感じで、微笑《ほほえ》ましくて安心して見ていられるカップルです。

「……いいなあ、二人とも素敵な婚約者がいて」

「ハーティス君はいないの？」

「いませんよ。僕なんて三男坊ですし、家じゃなんでも後回しです」

そりゃ危険だな。ヒロインさんのいいカモです。

「でも僕もみなさんみたいに、婚約していて、実際に仲も良いカップルってあんまり見たことないですね。ここは貴族学園だからすでに婚約者がいる学生なんてゴロゴロしているわけですが、逆に『学生時代の今のうちに恋しなきゃ』って感じで、自分の婚約者無視で遊んでいる貴族多いみたいです」

……それは否定できませんね。あのヒロインさんがつけ込む隙があるわけですから。ほらあ図書室にもうあのピンク頭いますよ！　ちらっちらっと僕らのことうかがっています。

「ハーティスは夏休みどうすんだよ。ヒマないのか？」

「天文台に大望遠鏡が完成しましたので、夏休みの間はずっと父の手伝いです」

ああ、そういえば、物理学者のニートン教授が開発した天体望遠鏡！　反射式ってやつで、レンズ式と違って色のにじみが小さいそうです。レンズより大口径化しやすいので、高性能なものが作れるって聞いてます。それを大型化したものを学院で作りまして、今年の夏から運用開始です。結果が楽しみですね！

「……ハーティス君は、『ガリヴァー旅行記』って、知っています？」

セレアの前世知識キ……、いや、これは違うかな？　セレアが図書室の本棚から、ガリヴァー旅行記の本を持ってきます。

「ああ、小人の国に行ったり、天空の国に行ったり、子供向けのおとぎ話で……」

「これに、天空の城ラピュタの科学者によると、火星の衛星、つまり地球で言う月が二個あるって書いてあります。フォボスとダイモスっていうんです」

「それ、本当にあったらすごいですけど」

「『ガリヴァー旅行記』は空想小説ですけど、所々に本当のことが書かれていたりするらしいです。ぜひ調べてほしいと思うんです」

「ホントだったらすごい発見です！　真っ先に調べます！」

ハーティス君、大興奮です。

「セレア様は、なんでそんなこと知ってるんですか？」

ぎゃあああああああ。ちゃっかりピンク頭がいつの間にか同じテーブルに座って、両肘ついて頬杖《ほおづえ》してちょっと頭を傾けて無邪気に笑って聞いてきます。ヒロインさんいつからいたの！

「あ……。こんにちは。前に図書室でこの本を借りて、覚えていたんですよ」

「ふうん、すごいなあセレア様は」

明らかにカマかけてきています。これは注意しないと。

「あの、学園では『様』はご遠慮いただければと……同じ学生ですから」

「私、セレア様って、大人っぽいなあって、あこがれちゃいますね。ほんとはもっと年上なんじゃないかって思っちゃうことあるぐらいです。中身とか」

中身ってなんだよ。いやそれはないね。それは同じ十歳から育ってきた僕が断言します。

セレアはいつだって僕と同い年の子供でした。そこに不自然は一切ありませんでしたよ。僕も年の割におっさん臭いって言われてもしょうがないけど、それは実際に大人と仕事してきたんだからしょうがないしね。

「……僕は逆に君が子供っぽいと思うよ。リンナさん」

そう、まるで作ったみたいにね。いい大人が学生を演じているみたいに。まだまだガキな攻略対象を手玉に取る悪女みたいに。

「リンスです！　リ・ン・ス！　もう完全にわざとですよね王子様！」

「どうしても覚えられないんだよなあ。難しすぎるよその名前」

「どこがですか！」

「失礼ですよリンスさん。シン君が気にしないからって、調子に乗っていたらいつか失敗します。最低限の敬意はちゃんと払いましょう」

ハーティス君が注意すると、「もう失敗しちゃいました！　この前街中で。あの時はごめんなさい」と、てへっと笑って頭を自分でこつんとやってぺろって舌を出します。てへぺろかい。やめてよそれ、めちゃめちゃイラッとするから。

「みなさん夏休みはどうされるんですか？」

君ねえ、そういうプライベートなことをなんで聞いてくるの？

「僕は勉強と公務です。遊んでいるヒマなんかないですね」

「私もシン様と一緒ですね」

「俺は寮に残ってシルファに付き合うよ」

「……私は補習で。恥ずかしながら」

「僕は父の手伝いで休みなしです」

はい、ヒロインさんの夏休み終了のお知らせです。他のキャラを攻略していてください。

「……みなさん仲良しなんですねえ……」

そして、「お邪魔しました！」って敬礼して、ニコっと笑って、図書室を出ていきます。

みんなに聞いてみます。

「……あの子どう思う？」

「かわいいですね。魅力的だとは思います。男子に人気です。でもなんだか僕は苦手です。勉強を聞きに来るだけならまだいいんですが、何度も一緒にどこか行こうとか誘われるので困っています。どうしてかわかりませんけど」

ハーティス君はまだ大丈夫みたいです。ヒロインだからってどんな攻略対象も好きになってくれるわけじゃないんですよね。天然な発言しているだけでモテモテってわけにはいかない対象者もいるってことです。勉強キャラなら自分の成績も上げないと、好感度が上がらないとか聞きましたし。

「実は俺も……」

やっぱりジャックにも接近してたか！

「『王子様とどうやって仲良くなったの？』とか、『今度一緒にフライドチキン食べに行きませんか？』とか、つきまとわれたことがある。まあ、王子のシンと仲良くしてりゃあそういうやつも寄ってくるわなと思ってシカトしてたけど。シン目当ての女、あの子以外にもけっこう俺のとこ来るし」

ジャックにも僕の知らないところで苦労かけてたんだなと思うと悪い気がします。

「『俺にはシルファっていうかわいいかわいい婚約者がいるんだよ！　そんなヒマあったらシルファと出かけるわ！』って言っちゃったよ。それ以来寄ってこなくなったけど」

シルファさんが赤くなっちゃいました。ヒューヒュー。

「……シルファはさあ、胸でっかいだろ？」

ちょちょちょちょ、ジャック、いきなりなに言い出すの！

「俺の領はさあ、乳牛いっぱい飼ってて畜産が盛んだろ？　だからさ、乳のデカい女を嫁にもらうってのが男のステータスなんだよ。縁起がいいってね」

そんな風習あるんですか。

「だから貧乳の女しか嫁にできない男はバカにされる。シルファはさ、小さいころから牛乳、苦手なのにいっぱい飲んでさ、俺のために。で、こんなに育ってくれて、感謝してるよ……。領主の跡継ぎとして、俺の顔を立ててくれた。俺みたいなひねくれ者に、一生懸命好かれるように、ずっと俺のこと嫌いにならないで、意地悪なこと言っちゃっても、我慢して傍《そば》にいてくれたよ。俺はシルファがいい。他の女なんてどうでもいいね」

そう言って頭の後ろに手を組んで、反り返ります。ジャックのあの胸へのこだわりは、そんな理由があったんだね。

しかし素で告白もプロポーズも平然としちゃうんだなあ。すごいなジャック。よかったねシルファ

さん、胸おっきくなって。ほら、真っ赤になって涙ぐんでるよシルファさん。

「ジャック」

「ん？」

「君、ほんとデリカシーってやつがまったくないねえ」

「やかましいわ。俺にそんなの期待すんな」

ふんってされちゃいました。おいおいかわいいなジャック！

「……あの子、貴族と結婚する願望でもあるんですかね？」

ハーティス君がひそひそ話します。

「……たぶん」

ジャックも顔を寄せてきてこっそりと。

「俺、『貴族だからって婚約者に縛られる必要なんかないんです、ジャック様だって好きに恋することができるんですから』とか言われたよ。『もう婚約者が決まってるなんてかわいそう。本当に好きな人と結ばれて結婚するほうが幸せですよね』なんてさ。大きなお世話だっちゅうの。婚約者のこと本当に好きになってなにが悪い。だよなシン」

「……それ、おんなじこと僕も言われた」

セレアがびっくりします。ニアミスしちゃった時の話でね、数年前になりますか。セレアには話したことなかったたか。

「『僕もそう思うよ』って言ったら嬉《うれ》しそうにしていたねえ」

「……怖いなそれ。横取りする気満々じゃん」

「ま、僕はセレアと結婚するけどね」

もうしちゃってますけど。

「そういやシン、『そのほうが片想いに悩んだり、振られて落ち込んだりしなくていいからお得』って言ってたな」

「君、ほんっとうにデリカシーないな！」

セレアににらまれちゃいました。どうしてくれんの。

☆彡

夏休み最初の公務は養護院訪問。子供たちとの付き合いも長くなりましたので、さすがにもう僕らが王子様、お姫様ってのはごまかしようがなく、バレちゃってます。でもここじゃ僕たち、シンにーちゃん、セレアねーちゃんですけどね。

今日は馬を連れてきましたよ！　僕の愛馬、メトロ号です！　僕が子供のころからの付き合いですよ。馬体が大きいんですがもう年寄りです。気立てがおとなしく多少のことには動じず、子供と遊ばせても安心な馬です。年寄りなので走りませんし。今日はメトロにセレアと二人乗りして養護院にやってきました。

「うわー！　大きい！」

馬をあまり身近で見たことがない子供たちが大喜びですね。順番に乗せてあげて、手綱を引いて院内の運動場を一周します。

「ぼくも馬に乗れるような仕事につきたいな！」

経済が良好で流通が活発になっています。御者の仕事も引く手あまたですから、卒院生たちの就職先としてはいいかもしれません。馬に乗る、馬を扱う学校のようなものもどこかに職業訓練校として設立するとかどうでしょう。このように子供たちとの触れ合いは、次の改善へとつながることが多いですね。僕が積極的に養護院運営に関わる理由の一つです。

次、国立学院、例によってまずはスパルーツさんの研究室から。

「セレアさん！　アイデアありがとうございました！　おかげでペニシリン、フリーズドライで結晶化することができまして、純粋抽出できるようになりましたよ」

それはすごい。結晶化するってのは知りませんでしたね。なんでもやってみるもんです。

「現在動物実験で臨床実験中です。カビが生えた時に一度確認していますが、やっぱり破傷風、ボツリヌス、ジフテリア……。治療できる病気が次々に加わっています。万能薬ですよこれは！」

「過信は禁物です。どんな薬にも副作用があり、薬害がありますよ」

セレアが心配そうに釘《くぎ》を刺しますね。

「承知しています。アナフィラキシーといって過敏なアレルギー反応する人もいるはずです。なにしろカビ成分ですからね。体の中にカビでも生えちゃったら大変ですし、そんなことでこの薬が使用禁止にでもなったら大変です。慎重に進めます」

まあこのへんはスパルーツさんも専門でよくわかっているはずですから、任せましょう。いつもテンション高いからちょっと心配になっちゃうけど。

同じ研究員のジェーンさんにも話を聞きます。

「国策で種痘が時限立法されました。今はもう出入国する人は全員種痘を受けているんですよね？」

「はい、市民レベルではもうすっかり浸透しまして、よく説明もされています。ただ、王都に出入りする要人にはこれ、頑固に断る人も多くて困っています」

「要するに？」

「貴族のみなさんですね、そのお子さんも」

……僕らフローラ学園の学生が一番抵抗しているってことですか。夏休み中、領地に帰った学生が大半なはずなんですが、王都を出る際に種痘を受けずに里帰りしたと。それは問題ですね……。

「だったら学園で講演会を開きましょうか。全学生の前で、天然痘の脅威と種痘の有効性について、五年で本当に撲滅できることを説明して、協力を呼びかけましょう。学園で公式に講演会を開けば、貴族の子供から親である貴族に伝わります。領民にも種痘を漏れなく受けてもらう国策としてこれをやるんだということを、生意気な貴族の子供らにもわからせないと。僕も協力して、王子でさえとっくにこれを受けて、天然痘にかからない体になっているって知らせれば、みんな受けるはずです」

「いいですね！　ぜひお願いしたいところです！」

「ジェーンさん、その講演、学園でやってくれますか？」

「ぜひ！」

よしっこれで全国の領主に周知徹底させることができます。全国民に種痘を行うこと、実現できるかもしれません。夏休み明けにさっそくやりましょう。


今日の公務の最後は、天文台です。一度研究室を訪問してほしいって、天文学部長のヨフネス・ケプラー伯爵から頼まれていたんですよ。もちろん息子さんのハーティス君からの伝言です。同じ学院内ですから、スパルーツさんの研究室の建物の隣ですし。

「いやあ、会いたかった！　ぜひ会ってお礼を申し上げたかったです、セレア様！」

もうなぜか大歓迎ですセレア。研究員一同が集まってきましたよ。どこに行ってもこうなっちゃうのが凄いなあセレアは。

「長年の天文学の謎が解けました！　惑星の軌道は楕円《だえん》だったんです。セレア様の予想が的中しました。美しい、実に美しい軌道です。これなら教会も文句を言わないでしょう。神が作り出した天体、それは今まで言われていたような完全な円ではなく、もっと複雑で高度なものだったのです。天文学史上、ひさしぶりの大発見ですよ！」

御髪《おぐし》が少し心もとないケプラー伯爵がセレアの手を取ってぶんぶん振ります！　それほどのことだったのかあ。

「いいえ、私は、円じゃないなら楕円かなあとちょっと思っただけで……」

「それがすごいのです。神の作る天体、その全てが完璧で美しいはず。そういう思い込みが我々にはありました。そうして勝手に『計算に合わない計算に合わない』と困っていたのですね。そんなことはなかったのです。我々は科学者として、全ての思い込みを捨てて、観測データに真摯であるべきでした。それを思い出させてくれたのです。ありがとうございました」

研究員一同から頭を下げられます。何事？　って感じです。

「かつては王政を動かすほどの影響力のあった占星術……、それが、科学の発展と共に観測データの積み重ねで、予想ができるようになり、占いではなくなりました。占星術は天文学と名を変え、皮肉なことにその真実が明らかになるほどに、必要とされなくなってしまっていったのです。あまりにも完成されすぎた理論は逆に天文学を停滞させることになり……」

「父上、あの、それぐらいで……」

学者さんって、みんなこういうところが面白いですよね。ハーティス君に止められなければいつまでもしゃべってくれそうです。

「あ、失礼しました」

ケプラー伯爵がもうなくなってる頭を掻《か》いておりますと、どたたたたたっと若い人が走ってきます。

「セレア様が来てるって本当ですか！」

「お静かにハーレイ君。こちらの方がそうですよ」

ハーレイさん、研究員でしょうか。お若いです。

「あ、あ、あの、惑星の軌道が楕円だと」

「……セレアと申します。差し出がましいことを申し上げまして、学院を騒がせて申し訳ありませんでした」

「いえいえいえ！　私たちにとって救いの女神さまですよ！　私は今、彗星《すいせい》の軌道を計算しているところなんですが！　あ、失礼しました。私はエドモンド・ハーレイと申します」

いきなり直角に頭を下げますね。

「そ、そ、その、セレア様は彗星の軌道も楕円だと、思いますか？」

ド真ん中ド直球なこと聞いてきますねこの人は！

「……私が言うことじゃないと思うんですが、彗星ってものすごく遠くて細長い極端な楕円軌道……じゃ、ないかなーって思いますが」

「まさにその通り！」

ハーレイさん、ぽんって手を叩《たた》いて大喜びですね！

「私もとても、自分でも信じられなかったんですが、セレア様にそう言っていただけると自信がつきます。王室で学説を支持していただければ、その線でもう一度研究をやり直すこともできますし、絶対に当ててみせますよ！」

「……どういうこと？」

不思議に思って僕が聞いてみますと、ハーレイさん、「彗星がいつ夜空に現れるかが予想できるようになります！」って言うんですよ。そりゃあすごい。

「今まで彗星は不吉な兆候、この世界を滅ぼしかねない魔王とも考えられていましたが、火星や木星、そういった星々と同じ天体だと証明できるようになります。もう彗星を怖がる必要はなくなるわけです。だって一定の周期で回っていて、予想通り飛んできちゃうんですから！」

研究室のみんなも、おおーって、大喜びですね。

なんか僕、今、科学史に残るような重大な場面に立ち会っているんじゃないでしょうか？　そんな気がします。

「あの、みなさん……」

セレアがおそるおそる、声を上げます。

「お願いしたいのですが、今度の研究、みなさんが自身で発見されたということにしてください。私の名前が出ないように」

「えっなんでですか！」

研究室一同、驚きます。

「我々はセレア様の名を共同研究者に挙げて、論文を発表しようと準備していたところですが……」

「それはさすがに……私が言ったことなんて、たった一言、助言というレベルでさえありませんし、私、やりすぎるとそのうち魔女扱いされちゃいますし」

魔女狩りも魔女裁判ももう二百年前に完全に禁止しましたけど、教会の連中は今でも権力持ってますからねえ……。

「そ、そうですか……残念です」

僕も口添えしておきますか。

「みなさん、研究に王室の権威を利用したりしないように願います。自身の研究で、成果を出してください。たまたま助言の一つ程度もらったぐらいで、セレアの名前を利用することもないでしょう。僕はセレアが言わなくても、みなさんなら誰かが気が付いたことだろうと信じます。学院では他にも多くの研究者が様々な学問を研究しています。公平ではなくなりますので……その、ご理解ください」

「……おっしゃる通りです。肝に銘じさせていただきます」

みんなに頭を下げられて、こっちが恐縮しちゃいますね。

「さ、お堅い話はそれぐらいにして、今日は火星を見せてくれる約束ですよね！」

夜も更けてきました。いよいよ最新式の天体望遠鏡のお披露目です。天文学科の屋上に行って、そこに新設されたドーム観測所にケプラー学部長が自ら案内してくれます。ハーティス君も、ハーレイさんも一緒です。この望遠鏡の開発者のニートン教授は光学研究第一人者なんですが、人付き合いが苦手でいつも研究室にこもりっぱなしなんだそうですよ。せっかく王室に自慢できるいいチャンスなのに来ていません。ちょっと会いたかったので残念です。

望遠鏡、大きいですね！　両手で輪を作れるほどの直径ですよ！　確かにこの直径をレンズで作るのは大変そうです。鏡を使った反射式って画期的ですね。レンズだと色収差ってのがあってどうしても像がぼやけてしまうんだそうです。

「太陽から一番近い軌道を回っているのは水星です。でも水星は太陽に近すぎて観測できるタイミングがほとんどありません。地球に一番近いのは金星ですが、金星はなぜかいつもぼんやりしていて実態がわかりません。火星のほうが興味深いのです。『火星人襲来』という小説、ご存じですか？」

「はい。火星人が地球に攻めてきて免疫不全で全滅しちゃうやつですね」

「……話のオチを最初に言っちゃうと嫌われますよ殿下……。ま、まああの小説が世に出たのは、火星に運河のような、非常に大がかりで大規模な人工建造物にも見えるような筋が見られたからですね。でも実際にはこの望遠鏡で見ると自然現象でできた河川のようで、運河ではないようですな。植物などの生物の痕跡も見られませんで、生物がいるかどうかは不明です」

「火星人いないんだ。がっかりだよ」

「そんなもんが攻めてきたら一大事ですよ殿下……」

みんなで笑います。

「『ガリヴァー旅行記』に登場する二つの衛星は、確認できましたか？」

「それなんですが！　確かに火星には衛星らしいものがあるのです！　二個！　現在、それを確認中です！　もし、本当に二つだと確認されたら、著作に敬意を表して、実際に『フォボス』と『ダイモス』と名づけようかと思っています」

セレアが天体望遠鏡を覗かせてもらって喜んでいますね！　夏ですけど、学院の屋上は風も涼しげで、いい夕涼みという感じです。

「火星もいいんですが、今は土星が非常に近くまで来ていて、観測しやすいんですよ。見てみましょう」

望遠鏡を土星に合わせてくれます。

「この倍率だと夜空はけっこうなスピードで動いていますからね、すぐ視界の外にずれてしまいます。さ、どうぞ観察してください」

みんなでかわるがわる土星を見ます。

「こうして大型の望遠鏡で見ると、土星っておかしな形をしているんですよね。ほら、耳があるみたいに」

「ホントだ」

僕も見せてもらいましたが、ヘンな形ですねえ……。

「我々は土星には衛星が二つあって、それがくっついている三連星ではないかという仮説を立てたんですが、どうも自分で言っていておかしくてね、まだ議論中です」

「あんなでっかい衛星がくっついてるわけないですよ。衛星でしたら回転しているはずですが、ずーっとくっついたままの形が見えてるっておかしいでしょ。私はその説支持できませんねえ」ってハーレイさんも反対のようです。

「私には、輪に見えますけど……」

「輪？」

「わ？」

「ワ？」

望遠鏡を覗いたセレアの感想にケプラー伯爵とハーレイさんとハーティス君も首をひねります。

「ほら、こんなふうに、麦わら帽子をかぶってるみたいに……」

そう言ってセレアが絵に描いてくれます。フットボールに麦わら帽子をかぶせたような絵。

「輪か」

「輪ねえ……」

「輪だとすると……」

みんなもう一度望遠鏡で土星をよく観察していますね。

「なんだか本当に輪に見えてきた」

「輪？　土星に輪があるの？」

「輪があるなんておかしな話ですねえ……。あり得るのかな？」

「いやいやいやいや、まだ結論は早いよ諸君！」

「もっと大型の望遠鏡作らなくちゃいけないですねえ」

みんなが侃々諤々《かんかんがくがく》な中、セレアはくすくすとおかしそうに笑っています。あれはきっと、「土星に輪がある」って知ってるんだな……。

人が悪いよ、セレア。

5章　一年生の学園祭

　夏休みも終わり、学生のみんなが学園に帰ってきます。

「シン、夏休みどうだった？」

「……ずーっと公務。ジャック、種痘受けた？」

「もちろん。俺が集めたデータのせいで始まったんだからな、俺が真っ先に受けてやらなきゃしめしがつかんだろ」

　助かります。現在、領から王都の学園に戻ってきた学生、学生の関係者（お付きのメイドさんなども）、区別なく全員に五年の時限立法で義務化された種痘を、王都の各門で接種しているはずです。ジャックとシルファさんも、シルファさんの補習が終わってから一週間ほど、故郷の領地に里帰りしていました。

　種痘を接種すると肩にできるかさぶたが剥がれたような接種跡を入出時に確認をしており、これがない人間はその場で接種しちゃうようにしています。種痘を接種したばかりの針の跡も確認しています。これ、証明書やカードにすると、必ず偽造されてしまいますのでね。

ま、それでも貴族のお偉いさんやその子供ともなると、「そんなもの受ける必要はない！」と強引に門を通り抜けてしまうやからもいるようで……。

そんなわけで、全校生徒を講堂に集めた始業式のあと、そのまま、ジェーンさんによる種痘の説明講演会が行われたわけでして……。

「私は両親と兄弟、全てを、天然痘で失いました……」

この衝撃的な告白から始まったジェーンさんの講演はかなり生徒たちにガツンと来たようです。王都で学生をしていて感染を免れたジェーンさん、故郷の村の家族を全て失ったあと、医学の道を目指すことにし、苦学して国立学院の医学部の研究員にまでなったこと、勉強を続けるうち、スパルーツさんの血清を用いた抗体治療が天然痘にも有効ではないかと方法を模索していたが、うまく行かず、人体実験を行うわけにもいかないので途方に暮れていたこと。そんな時、「牛痘にかかって自然に回復した人間は天然痘にかからない」というデータがあると知ったこと。

畜産業が盛んなワイルズ領で詳細なデータを集めて、牛痘にかかった人間は天然痘にかからないという確信を持つに至ったこと。そして、自ら牛痘を自分の体に接種し、牛痘にかかったこと。その後、天然痘が発生している村に赴き、患者の治療に尽力する一方で、手当てした患者の体の水疱《すいほう》の膿《うみ》を自らの体に「接種」し、天然痘に感染したという経緯を語ってくれました。

「確かに私は患者から天然痘に感染したはずなのです。しかし、私は発病しませんでした。天然痘は牛痘接種により防ぐことが可能なのです！」

会場がざわめきますね。さすがにとんでもない箱入り娘か、お坊ちゃまでもない限り、天然痘の恐ろしさを知らない学生なんていないわけないからです。

現在この「予防接種」は、ジェーンさんの研究グループ十五名で自ら人体実験を行い、安全性を確認したこと。国軍の志願兵五十名により追試を行い、効果が確認されたこと。天然痘の予防効果は五年から十年。現在は国王陛下の発布により、国民全員に五年以内に種痘を行うことを義務化したことを説明してくれます。

「みなさん、ぜひこの種痘を受けてください。そして、学園のみなさんが、領でこの効果を訴え、お父様を説得し、全ての領民に接種を行ってください。国民全員が五年以内に、この接種を受けることで天然痘は必ず撲滅できます！　天然痘は私の家族を奪った人類の敵であり、天然痘のない世界の実現は私の夢です。協力をお願いします！」

講堂の全校生徒に頭を下げる、あまりにも悲壮なジェーンさんの訴えに、かえって学生のほうが動揺しています。「大丈夫なのかそんなもの受けて……」とひそひそ声が聞こえます。ちょっと、よくない雰囲気ですね。力説しすぎて、まるでジェーンさんの個人的な頼みを押しつけているような感じになってしまいました。

「セレア」

僕が立ち上がってセレアに手を伸ばすと、にっこり笑って、僕の手を取ってくれますね。そのまま、セレアをエスコートして講壇に登ります。会場がざわざわします。

「えー、みなさん、おひさしぶりです。シン・ミッドランドです。この天然痘の予防接種ですが、実は僕も受けました。セレアもです。最初の実験で接種を受けたグループの一員として僕も臨床試験に参加させていただきました」

ええ――って会場から声が上がります。無理もないです。

「実際に僕も、予防接種後、天然痘を自ら接種してみましたが、発病しませんでした。僕は天然痘にかからない体になったんです。それは、一度天然痘にかかり、死なずになんとか生き残った人と同じなんです。効果は間違いないです」

会場のざわざわが収まりません。

「最初の予防接種では軽い風邪みたいになり、ちょっと熱が出たりしますが、これは風邪と同じですぐに治ります。その程度で五年間以上、天然痘にかからない体になれるならお安い御用だと思いますよ？

国策で進めていますので無料でやっています。この会場の別室で接種を準備していますので、皆さん会場を出る時に受けてください。僕からもお願いします」

そう言って、セレアと二人で頭を下げます。

……しんとなる会場。

かっ、かっ、かっと靴音がして誰か講壇に上がってきました。顔を上げて驚きました。学園の絶対女王、生徒会長のエレーナ・ストラーディス様です！　僕のことをきっとにらんで……。

176

それから会場に向き直り、「生徒会長のエレーナ・ストラーディスです。わたくしはここに、今から天然痘の予防接種を受けることを宣言いたします」と言いましたよ！

あわててどかどかと生徒会メンバーが、あの副会長さんや書記さんに会計さんまでが講壇に上がってきて、口々に「俺も受ける！」「自分も受けます！」「私も受けます！」と宣言なさいます。

おおお————って会場から声が上がりますよ。

会長、ジェーンさんに向き直って握手しております。なんなんですかまるで自分がこの講演会主催したみたいに。アンタ今から受けるってことは、国王陛下の牛痘接種の発布を無視して強引に門から入って入城したたってことですよね。そういうの、後出しジャンケンっていうんですよ。まったく……。

「殿下」

「学園では殿下はやめてって言ってるでしょ生徒会長」

「お恨み申し上げますわ」

「なんで？」

「……あと五年早く、この予防方法を確立していただけていれば、わたくしの敬愛する兄上が、天然痘で廃人のようになり、廃嫡されたりはしなかったはずですので」

ああ、そうか……。天然痘の致死率は50％。生きるか死ぬか半々です。かろうじて生き残ることができた人も、顔や全身に疱瘡《ほうそう》跡が醜く残り、体の一部が動かなくなる、目が見えなくなるなどの障害が残ることも多いです。天然痘で死ななかったとしても、そのために廃嫡されたり、身分を失う貴族の例は少なくないのです。

「五年前の僕は十歳でした。致し方ないかと思います」

「……よく言う」

思い切りにらみ返されてしまいました。嫌われてますねえ僕。

その後、別室で生徒のみなさんが列を作って、接種を受けてましたよ。腕をまくってぎゅーって目をつぶって歯を食いしばってる会長、笑えました。腕じゃないです、接種するのは肩です会長。あ、女子は別の部屋にしたほうがいいですね。退散退散。

☆彡

予防接種の話が長くなっちゃいました。季節も秋になり、王都の収穫祭が近づいてきました。学園でも学園祭が行われます。演劇部の劇、音楽部の楽団演奏、美術部の絵画展示などがメインですか。それを見たら学園祭は終わり、一般の生徒にはそんな感じです。行事が少ないですねえ……。伝統的にクラスでもなにかやるというのはあったらしいですが、だんだん活動が低調になってきており、特になにもやらないクラスのほうが今は多いです。

「せっかくだし、なにかやりたいところだね」

「私もそう思うんですけどね」

文化委員のパトリシアが教壇の前でそう言います。ホームルームの時間です。

文化祭の行事は文化委員が主体になって行いますから、委員長である僕が出しゃばることもないですので任せますが、もちろん協力は惜しみませんよ。

僕のクラスには公爵、侯爵の子息がいなくて、伯爵、子爵、男爵と騎士の子息子女ばかりです。他のクラスには公爵など高位の貴族子息のみなさんもいますよ。王子《ぼく》と王子妃《セレア》がいるということでバランスを取りましたか。親の威を借り権力を振りかざすような学生もどうしてもいますので、クラスによるパワーバランス差がないように調整してあるということになります。まあそのせいで、フリード・ブラック君みたいに、「お前に支配されているということだ」なんて誤解するやつもいるんですが。

そんなことなしに、僕らのクラスは仲いいです。クラスに親の爵位を鼻にかけて威張ってるようなやつがいませんので。っていうか威張れませんよね。王子の僕が威張ってないんだから。

「とりあえずですね、みなさんにやりたいことを自由に言ってもらいたいと思います」

文化委員のパトリシアの進行で、ホームルームの時間を取り、みんなの提案が黒板に書かれていきます。みなさん出身の領では領主の子息子女として、地元の収穫祭などの手伝いに出たことがありますので、それぞれお国柄が出ますね。高位の貴族だとそんなことは下の者に任せてしまって領主、子息自らがなにかやるなんてことがありません。その点、低位の貴族の子ばかりが集まっている僕らのクラスのメンバーは経験豊富で頼りになるということになりますか。

「ローストチキンの店」

「ローストダックの店！」

「豚の丸焼き」

「牛の丸焼き！」

うん、少し丸焼きから離れようか。

「お化け屋敷？」

「喫茶店……？」

「いやもう少し特色出そう。せっかくうちのクラスには王子と王子妃がいるんだからさ」

僕ら対外的にはまだ婚約してるだけなんですけど、僕らが毎日あんまり仲良くしているものですから、もうセレアもすっかり「王子妃」でどこでも通用してしまいます。「王子様の婚約者の公爵令嬢」じゃ長いですもんね。こっそり結婚していますので、いまさらそう言われてもいちいち否定する気にもなれないのでそのまんまほうっておきです。

「だったら、あの……執事&メイド喫茶ってのはどうでしょう！」

あ——、城下で流行《はや》っていると噂《うわさ》の喫茶店ですよね。なんでも、ウェイターとウェイトレスが執事の服とメイドの服を着ていて、「おかえりなさいませお嬢様」とか、「おかえりなさいませご主人様」とかやるそうです。爵位を持たない市民でも、お気軽に貴族気分が味わえるので、人気だとか。どういう人気ですか……。

「ナイスアイデアです！」

なんでパトリシアのテンションが上がるの⁉　貴族の学園なんだから、みんな家に執事やメイドがいるなんて普通でしょ。いまさらです。

「ふっふっふっ……。シン君とセレアさんが執事とメイドをやる……。これはウケますよ！　満員御礼間違いなしです！」

「……なんで間違いないの」

「シン君とセレアさんを執事やメイドにしてなんでも命令できちゃうんですよ？　一度そういうことやってみたかった人がわんさか訪れますって」

僕ってそんなに恨み買ってるかなあ……。

「いやいやいやいや、協力は惜しまないし、みんなが決めたことには従うよ。でもそれみんなも一緒にやってよ。僕らだって初めての学園祭、見て回りたいんだからさあ……。一日中は困るよ」

まあさすがに一日全部それで潰されるのってのはなしになりまして、それでもなんとか午前中だけ、僕とセレアたち女子でウェイターとウェイトレスをやることになりました。他の仕事は全部クラスでやるからそれ以外はなんにもやらなくていいってさ。

はい、そういうことでしたらお任せしますよパトリシア。君がそういうのに萌える世界の人だとは知りませんでしたよ……。

「王子サマ――――！」

「学園で王子様呼び禁止！」

あーあーあー……廊下でヒロインさんに呼び止められちゃいました。なんなんだ……。

「あの、私、演劇部に入ってるんですけどぉ」

「へー、頑張ってね」

「それで、学園祭の演劇発表で私にも役がつきまして」

「そりゃすごいねリンボさん」

ここのところ顔見てないと思ったら、それで忙しかったか。いいことです。

「リンスです！　どーしても覚える気ないですよね」

覚えちゃったら出会いフラグ立っちゃいそうで怖いんですよね。覚えないようにしています。

「ぜひ見に来てほしいんです！」

「暇があればね。今年は僕のクラスも出し物やるから」

「へー、なにするんですか？」

「喫茶店……」

しかしてその実態は「執事・メイド喫茶」という謎の企画。僕も文化委員のパトリシア嬢より接客の特訓を受けることになっています。クラスの女子はセレアも含めてみんなメイドをやりますが、なぜか執事は僕一人。「メイドはいっぱいいいても執事は普通一人でしょう！」というのがパトリシア嬢の持論でありまして……。いや、それどうなんだ。

ピンク頭には、「まあ、とにかくそれは約束できないんで期待しないで」って言っときました。

紅茶は執事とメイドが作りますが、料理についてはなぜかジャックと男子四名が作ります。あのジャックが料理をねえ……。軽食の菓子についてはケーキでもなんでも、注文して取り寄せたものを盛り合わせて出すだけですし簡単なんですが。

そんなわけで料理好きな男子五人による喫茶店のメニューも充実してきましたよ。ジャックが腕をふるってパスタを作って、みんなに試食してもらっています。評判いいですよ！

「なんでジャックこんなことできんの!?」って聞くと、「あのなあお前、人間ってのは唯一、料理したものしか食えない動物なんだよ。それが人間だ。料理ができるってのは、人間だったら誰でも持ってなきゃ、いざという時生きていけなくなるスキルなんだよ」と諭されました。ジャックの領地では男でも料理ぐらいできないと一人前の男扱いされないそうで。

ごもっともです。僕もなにか料理ぐらいはできるようになったほうがいいですかね……。なんでも習っている僕ですが、これだけは正式に習ったことがないんですよ。王宮の厨房《ちゅうぼう》にはよく遊びに行ったことがあり、野菜の皮むきならできますけど。

「せ、セレア……」

「セレアさん……？」

セレアがスパゲティにじゃぶじゃぶケチャップをかけて炒《いた》めております。うえええええ！　気持ち悪い！　ってクラスのみんなから悲鳴が上がります！

「粉チーズをかけて……完成！」

スパゲティが真っ赤なんですけど。スパゲティにあるまじき姿です。

「おいしいんですよ。さ、みんなで試食してください」

みんなおそるおそる食べてます。これもセレアの前世知識でしょうか。

「おいしい……」

「おいしいけど……」

「うまい。確かにうまい。でもこれは邪道だ！　ダメだ！　こんな料理広がってはたまらん。俺は絶対反対だ！」

ジャックが強固に反対します。うん、僕も反対。これはダメだよセレア……。

「あのねえセレア、たとえおいしくてもやっちゃダメってことはあるんだよ。そこはあきらめようよ」

珍しくがっかり顔のセレアが見られて僕は満足ですが。

「いらっしゃいませお嬢様」

「違います！　そこは『おかえりなさいませお嬢様』です！　どうして覚えてくれないんですか！」

パトリシアに執事喫茶の接客指導を受けております……。抵抗しても無駄なんですね。そうしないと僕、物覚えが悪い王子ってことになりそうです。

「いいですかシン君、執事というのはですね、常にお嬢様と共にあり、お嬢様を溺愛し、お嬢様のわがままをなんでも聞いてあげなければいけないんです！」

「違うよパティ、執事というのはいわば教育係。お嬢様に非あらばそれを咎《とが》め、お嬢様に非礼あらばそれを正し、立派なレディになるための……」

「しゃらあああああああっぷ！」

なぜ反論が許されないんですか僕。

「いいですか、ソレではダメです。ここは乙女の夢をかなえるための執事喫茶。シン君には『乙女のための執事道』を完璧に演じていただきます。わかりましたね？」

「パティ、君の家の執事ってどんなんだったの？」

「執事なんていませんよ。うちは貧乏男爵ですから」

「なぜそれで執事道を語ろうと思った？」

「だからこそです。乙女の妄想力舐《な》めてはいけません」

「妄想だって認めちゃうんだ……」

「わかってないですシンくんは……」

わからないほうがいいような気がします。

「……固いんですよねシン君は。ホント真面目なんだから。王子としてはそのほうが安心できるんですけど。うーん、じゃあ、私をセレアさんだと思ってもう一度」

「おかえりなさいませお嬢様！」

「そうっ！　それです！」

それからは女子のみなさんの間で、僕も「やればできる王子」と、評判が上がりましたよ。僕ってそういう評価だったんですか……。

僕に続いて、セレアのウェイトレス、いや、メイドの接客指導もパティの担当です。

「じゃあ、セレアさん、もう一度お願いします」

「てへっ！　ぺろっ」

「……パティ、僕からお願い。もう本当にお願い。それセレアにさせるのだけはやめにして」

パトリシアさんとは一度ちゃんと話し合ってみないとダメかもしれませんね。

王宮から執事服、メイド服も借りてきました。本物を使いますよ。これぐらいはさせてもらいます。王子としての権力を使っているみたいですけど、おかしなものを着せられたり、セレアに着せたりするよりマシです。

そうそう、あと一つ。セレアに「文芸部はなにやるの？」って聞いてみました。

「文集の配布とは別に、あのカルタをお披露目しようかと思いまして、来場者に自由参加してもらってゲーム大会です」

「そうかあ、それは見たいな」

「午後の演劇部の劇は文芸部員が全員見に行きますから、そのあとですね。シン様にも参加してほしいです」

セレアが演劇部の劇、見に行くなら、僕も見ないといけなくなったみたいです。ヒロインさんが出る劇ね。なんか強制力を感じます……。

「やあ！　シン君！」

くるくる回りながらピカール登場。一度ぐらいは普通に登場してほしいです。

「今年は初めてのきみとの直接対決だ！　楽しみにしているよ！」

「……なにを対決するの？」

「決まってるじゃないか、ミス学園と共に行われる、ミスター学園さ！　ぼくもきみも有力候補。長年の因縁に決着をつけよう！」

そんなものまで開催されるんですか。お馬鹿な学園ですねえ……。長年の因縁ってなんなんでしょうね。入学してから僕ら半年しか経《た》ってないじゃないですか。

「……そんなの二年生か三年生が取るでしょ。一年生の僕らが出る幕ないよ」

「いや、知名度抜群の王子たるきみ、学園の貴公子として今や知らぬ者のないぼく。今年はこの二人の一騎打ちになる。間違いない」

「そんなの君に譲るよ……」

「おやおや、今から負けを認めるのかい？」

「ちなみにミス候補は？」

「決まっている。学園の絶対女王、生徒会長のエレーナ様がぶっちぎりさ。彼女をエスコートし、優勝のダンスを踊るのはぼくさ！　じゃあ、楽しみにしているよ！」

一方的に宣言して踊るような足取りで去っていきました。なんなんだ。

とにかく、セレアが言うには学園祭は、「ラブいイベント盛りだくさん」で、僕らとしては緊張してそれを迎えることになりますね。なにかあったら大変ですからね、ヘタにフラグを立てられないようにしなくっちゃ。当日は慎重に行動しないと。

一番大切なことは、「ヒロインさんに関わらないこと」。この一言に尽きます。

教室を片付けて、机や椅子を並べ直し、テーブルクロスを張って、一輪挿しに花を飾り、メニューを作って、教室の窓の外では石造りのコンロが設営され、炭が運び込まれて火を入れられる準備は万端です。窓の外を厨房に見立てて、喫茶店が完成しました！

さあ、来るなら来い。どんなイベントも全部華麗にかわしてみせてやりましょう！

☆彡

いよいよフローラ学園の学園祭が開幕です！

わがクラスの出し物、「執事・メイド喫茶」に最初にいらっしゃったお客様は……。

「おかえりなさいませ、お嬢様」

学園の絶対女王にして生徒会長、エレーナ・ストラーディス公爵令嬢様です。

「……さ、お席へご案内いたします」

深々と礼をし、頭を上げて片手を広げ、席へ案内します。女王様、僕が引いてあげた席に座ります。

顔がこわばっておりますね。はい、なにも言わずただ、お傍《そば》に控えます。会計さんも一緒です。

「……殿下、いったいこのクラスではなにをしておりますの？」

「殿下はやめて、シンとお呼びくださいお嬢様。今日の私はあなたの執事。なんなりと命じていただければお嬢様にお仕えする執事としてこれに勝る喜びはございません」

「き、今日一日、あなたがわたくしの下僕になると⁉」

調子に乗りすぎですす女王様。なぜそこまで独占できると思う？

「……残念ながら一日ではございません。ご来店いただいているつかの間の主従ではありますが。それと下僕ではなく執事ですお嬢様」

エレーナ様、なんだか体がぞくぞくしてきたようですねえ。

あっちのほうでは会長お付きの生徒会役員の皆様方が、セレアに「おかえりなさいませご主人様」と頭を下げられてどぎまぎしておりますな。スカートをつまんで広げ、片足を後ろに下げ腰を落とすと、まるでバレリーナのような優雅さで。

本当になんでもできるねすごいね君！　その笑顔、勘違いしちゃう男がいっぱい出てくるよ！

「な……なんでも？」

「なんなりと」

会長がおそるおそるという感じです。うんいいですねこれ。案外相手の本音が引き出せるかもしれません。

「でしたら！　まずわたくしに謝罪していただきたいですわ！」

うぉっと、そうくるか――――！　まあ僕もね、いろいろ悪いことしてる自覚はあります。

「……お嬢様に対する今までの非礼の数々、おかけした全てのご迷惑に心よりお詫《わ》びを申し上げます。これ全て、学園のため、共に学ぶ生徒のためとはいえ、お嬢様におきましては多大なる心労をおかけしていることは事実。このシン・ミッドランド、伏してお許しをいただきたいと思います。申し訳ありませんでした」

頭を下げます。九十度直角で。

「許しませんわ。あなたのせいでどれだけわたくしたちが苦労したと思ってるの！」

そうですか。じゃあしょうがないね。頭を下げたまま待機します。

生徒会、学園祭まで毎晩遅くまで残って、出店の取りまとめ、行事の進行、プログラムの作成、真面目に自分たちでやっていました。やらなきゃ、僕がやっちゃうんですからね。全部僕が一人でやったって、記録が公式に残ります。現生徒会の無能っぷりが代々後世まで王立文書館の公式記録として残ることになります。それは断じて避けなければなりませんよね会長。ほら会長の手にも、洗っても落ちなかったガリ版のインクが少しついていますわ。昔の姉上みたいですわ。あははははは！

「王族たるものがそう簡単に頭を下げていいものだと思ってるの⁉　あなたがそれじゃこの国の未来はさぞかし恥辱にまみれた暗鬱なものになるでしょうね！」

「……会長」

会計さんがさすがに声をひそめて注進してくれますが、おかまいなしなようで。

「執事たる私の頭の高さに価値などありません。また、失うものもない。私は欲しいものをとっくに手に入れておりますので」

セレアをね。むしろこんな頭の高さで張り合うなんて疲れることのほうが、僕はうんざりです。

「……このお店ではなにを出しているのかしら？」

「お店ではございません。ここはお嬢様のサロンです。お好みのものがあればなんなりとお申しつけください。紅茶やお茶に合う茶菓子やケーキなども取りそろえてございます」

「お勧めを持ってきて」

「はい。あの……」

「なにか？」

「頭を上げてもよろしいでしょうか」

「許しません」

はいはい。頭を下げたまま白いカーテンをめくって教室の窓へ。

「レモンティー。それにシュークリーム、二名分」

「あいよお！」

窓の外では男子生徒が厨房仕事をしているというのが面白いですね。

セレアも注文をもらってカウンター代わりの窓へ。窓の外ではコンロが組まれ炭火でポットのお湯をじゃんじゃん沸かしています。

「大変そうですね、執事長！」

様子をちらっと見ていたのか、セレアが笑います。

「自業自得だねえ……。ま、今の僕は執事、気にするようなことじゃないね」

「はいはい、ハンバーグとポテト、パン、ストレートティー、二人前！」

なにガッツリ食ってく気なの生徒会役員ども。

お茶のカップとポット、シュークリームを盆に載せて持っていきます。まずお茶をそれぞれ会長と会計さんのカップに注ぎ……。頭を下げたままなのでやりにくいです。

「普通のお茶ね」

「ここからがちょっと見ものですよ」

皿に置かれたレモンの薄い輪切りをフォークで刺し上げます。

「レモンを入れるとお茶の色がさっと変わります。ご覧ください」

二人、カップを眺めていて……僕がレモンをカップに浮かべるとお茶の色が薄茶から淡いオレンジに変わりました！

これ、セレアのアイデアです。レモンティーっていうそうです。レモンを手に入れるのにちょっと苦労しました。二人、驚いた顔をしてカップを眺めます。

「砂糖は二つにしてちょうだい」

「私も」

うーん、わかってないな。

「レモンティーはほんのり香りも楽しむものです。砂糖は少なめのほうがより味わいが増しますよ。砂糖一つをお勧めいたします。甘いものならこちらのシュークリームをどうぞ」

シュークリームはそこいらにあるものですが、今回はお店に頼んでジャックが持ち込んだ生クリームを使用しています。濃厚でレモンティーによく合うはずです。

「食べさせて」

……そうくるか。

「顔を上げてもよろしいでしょうか。お顔やお召し物にクリームをつけてしまっては大変です」

「……仕方ありません。顔を上げなさい」

やっと顔を上げさせてもらえました。ちょっと腰が疲れたかな。シュークリームをフォークとナイフで切り分けます。上手にシューの上にクリームを載せて、下の左手にナプキンを添えながら右手で差し出します。

「あーんでございます、お嬢様」

真っ赤ですよ。エレーナ様。

「さ、お嬢様。あーん」

「ちょ、ちょちょちょっとお待ちになって」

「自分で言っといてなにあたふたしてんですか。さあお口を開けてくださいお嬢様」

「いや、本当にやるとは……」

「本当にやるのが執事というものでございます。下位の者は命令には背けないものなのです。だからこそ、上に立つもの、権力をふるうものはその命令に責任を持たなければならないのです。さ、責任もってお食べください」

観念してエレーナ様がお口を開けます。その口にフォークでシュークリームのかけらを運びます。

「はううぅっ」

エレーナ様、顔を赤くし、自分で自分の体を抱いて身もだえております。

「甘くて濃厚でしょう。もう一口いかがですか」

「いただくわ……」

店中の者がこの羞恥プレイを何事かと目が離せずに釘《くぎ》づけになっている中、セレアだけが淡々と業務をこなしております。

「……あなた、わたくしにこんなことをして……」

「はい？」

「セレアさんがお怒りになりませんの？」

ふうーって、ため息して肩をすくめてみせてあげます。

「怒るに決まっております」

「あのセレアさんにあなたが怒られているところ、ちょっと見てみたいわ」

「怒り方もかわいいから、きっと見るとイヤになってしまいますよ？」

「どんなふうに？」

「たぶん、おんなじことをさせられます。今日中に、あーんって食べさせてあげないと、口をきいてくれなくなりますね」

「仲がおよろしいこと……」

「それだけが私どものとりえですので」

テーブルが他のお客様で埋まってきました。待たせるわけにはいきませんのでね。

「ではごゆっくり。ご用がありましたらお呼びください」

「あ……」

なにか言いかけた会長をスルーして、次のお客様の元へ向かいます。

「おかえりなさいませお嬢様。さ、席までご案内いたします」

「きゃ――――！　本当にやってるぅ！　シン様ああ！」

「『シン』とお呼びくださいませ。今日の私はお嬢様の執事でございます」

「せ……セレア様がメイドを……」

「おかえりなさいませ旦那様。どうぞセレアとお呼びください。お仕事お疲れさまでした、さ、ご案内いたします」

午前中の執事&メイド喫茶、大盛況！　とは……言えなかったかもしれません。最初に来た客がみんな居座ってしまって、回転率が非常に悪かったです。これは計算外……。来年は違うものにしたほうがいいかもしれません。いや、時間制限のほうがいいかな。

クラスのみんなの家は全員貴族騎士なもので、暇なほうをありがたがり、お金を稼ぐことには汲々《きゅうきゅう》としないんですよ。自称、貧乏男爵家ご出身のパトリシア嬢はいらいらしていますが。

「ご苦労さんシン君、あとは僕たちでやるよ」

午前中のノルマを終え、ようやく午後に学園祭をセレアと見て回れることになりました。急いでまかないのジャック特製パスタを、窓の外に置かれた従業員用の丸テーブルでいただきます。

「セレア」

「……？」

「あーん」

口をきいてくれないセレアに、ビスケットを差し出します。

がりっ。指まで噛《か》まれてしまいました。痛いです。

もう一個どう？

「あー、シン君セレアさん、お願いがあるんだけど」

「なに？」

「着替えないで、そのまんまのかっこで見て回ってほしいんだ。クラスの宣伝になるから」

「はいはい」

しかし、執事とメイドのままじゃとんでもなく不義理なカップルに見えませんか？　まるで仕事をサボって逢引《あいび》きしている同僚みたいで。……いや、実際にそうなんだからそれでいいか。

セレアの部活仲間、文芸部のみなさんと合流して、講堂に向かいます。演劇部の劇、一緒に見る約束していましたからね。

「うわー、セレアさん、よく似合いますね！」

使用人《メイド》の服が似合うって、それ褒め言葉になってるかなあハーティス君。もちろん悪気があって言ってるわけじゃなくて、本心から言っていることがわかりますので突っ込みませんが。

「ありがとうございます」

セレアも笑って、スカートをつまんで優雅に挨拶します。

「シンくんも素敵ですう！」

はいはい、ありがとね部員のみなさん。まあ似合うならそれでもいいです。僕たぶん王子クビになっても執事で食べていけるかもしれませんし。

講堂、満員です。

「シンデレラか……」

「ん、まあシンデレラでしたら……。童話ですし」

僕らがまあ無難だと思ってると、文芸部の三年の先輩がこそっと教えてくれます。

「いやいや、ここの演劇部はね、毎年やらかすことで有名だから、今年もきっと問題作になりますよ。楽しみです」

不吉な予感しかしないんですが。

ちょっ……なにこれ。主人公の灰かぶり姫《シンデレラ》はヒロインさんです！　一年生でいきなり主役か！　すごいなそれ。まあそれはそれでいいとして、冒頭からいきなり凄惨ないじめ描写です。

主人公のピンク頭が継母《ままはは》と異母姉妹にいじめられまくり。嫌な仕事を押しつけられる、罵声を浴びせられる、小さなミスでネチネチと怒られる、食事を抜かれる、暖炉の灰をかぶせられる！　寝泊まりは床の上……。継母と異母姉妹の演技がまた鬼気迫るもので陰惨を極めます。一年生に主役をとられたから本気でやってんじゃないの？　って思うほどです。入部してさっそく演劇部部長でも攻略してしまったのかもしれませんねえ。個人的な恨みがだいぶ入っているような感じがしました。正直言いますと、会場、ドン引きです。

そんな中、国の王子から妃《きさき》を決めるためのお触れが出され、みんな着飾ってパーティーに行くことになります。もちろんシンデレラはそんなものに参加させてもらえるわけもなく、一人さみしくお留守番です。床に倒れ伏したシンデレラ、ひっそりさめざめと涙に暮れます。

「ああ、王子様、王子様、あなたはなぜ王子なの？　私はこんなにあなたのことを愛しているのに、一目お顔を拝見することもかなわず、パーティーにも出られやしない。なぜ？　私が平民の子だから？　身分の差って、そんなに大事？　優しく、美しく、聡明な王子様、なぜ私はあなたに逢《あ》えないの……」

　そして、切々と悲しいメロディーで王子への思いを歌にします。音楽部の全面協力で楽団の伴奏つきです。

　いやそんなこと言われても……。

　これさあ、普通に見たらそりゃあ感動的ないいシーンに見えるかもしれませんけど、本物の王子の僕が見たら正直、怖いです！　まったく見ず知らずの、僕の顔も知らないはずの女の子からこんなふうに一方的に想《おも》われていて、恨みつらみを言われてるのだとしたら想像して耐えられますか？　鳥肌立ちますよ。シンデレラって、王子が見るもんじゃありませんね！

　ほらセレアなんて僕の手握って離しませんよ。手に汗握る展開です……。

「これじゃまるでヤンデレのストーカーです……」

　ごめんセレアちょっとなに言ってんのかわかんない。

　そうするとなんの脈絡もなく女神ラナテス様がキンキラキラキラ、キラランランと金色の紙吹雪と共に（ロープにつるされて）現れて、ピンク頭に魔法かけると、黒子が一斉にヒロインさんの周りを取り囲み、衣装替えです。純白のすんごい衣装。気合入りすぎだっちゅうの！

王子様役は、演劇部の部長です。王子様、君ねえ、こんな年になるまで婚約者もいないでなにやってたの？　いまさらお妃探し？　それも貴族から平民まで無差別に若い女の子をみんな王宮に呼んでダンスパーティーで決めるとかあんた何様？　いや、シンデレラって、そういうストーリーでしたね……。しょうがないか。あきらめて受け入れます。

王子、周りの女の子に目もくれず、いきなりピンク頭の手を取って踊り出します。

「ああ、なんて美しい人。どうか僕と、このまま、踊り続けてください」

それダメです。招待した以上、来てくれた女の子全員と公平に踊るぐらいのことをしないと王子としては招待客に大変失礼になりますよ？　わかってる王子様？　だいたい将来王妃になってもらう人を、そんなふうに顔だけで選んでいいもんなんですかね？　僕はそこ激しく抵抗がありますね。

十二時の鐘が鳴り、あわててシンデレラが王宮を抜け出します。

「待ってくれ！　僕は君を、妃に、妃に迎えたい！　名前だけでも教えてくれ！」

例によってガラスの靴が足から抜け、逃げ出すシンデレラ。ハイヒールですからね、片足だけ脱げたらもうドタバタとみっともない走りになりまして、そりゃあもうなんか見ててイタタタタッって感じになりますよ。ホールの階段に残されたガラスの靴を拾い、絶望してそれにほおずりする王子。

……変態だ――――！

靴フェチですか！　お願いだから匂いを嗅ぐのだけはやめてあげてほしいです。

「……なんで魔法が解けたのに、靴だけ残るんだろ」

「シン様、それは言わない約束ですよ……」

「隕石《いんせき》が落ちるなどして異常な高温にさらされた物質はガラス結晶化する場合があります。そういう魔法だったんじゃないですかね」

ハーティス君、ネタにマジレスって知ってる？　僕もセレアに聞いたんですけど、人のツッコミを、事例を上げて冷静に解説し、台無しにしてしまう行為のことらしいです。

まあそれはどうでもいいです。最後、その靴を国民の全適齢期の女性に履かせて、「ぴったりだ！」と言って、王子様とシンデレラが結ばれます。

「なんで足なんだろ。そこは顔でしょ」

「足が合う女性なんていっぱいいそうだけど」

「ということはシンデレラはとんでもなく足が小さいか、足がでかいということに」

「王子は求婚までした相手の顔も覚えていなかったと」

「どんだけバカ王子ですかそれ……」

「結局王子は脚フェチの変態だったんですね……」

みなさん批評はそれぐらいにしてください。僕の生命力《ライフ》がガンガン削られていくようです。

そのあと講堂で、ミス学園とミスター学園が選ばれ、投票結果が発表になりました。ミス学園は全校生徒の男子投票、ミスター学園は女子投票です。

学園の絶対女王、生徒会長のエレーナ・ストラーディス様がミス学園、ミスター学園は王子様役をやった演劇部部長でした。残念だったねピカール君。僕ら影も形もなかったよ。自意識過剰って、怖いね。

二人、講堂のステージ上で、恒例らしい、ミスとミスターによるダンスパフォーマンスが始まります。音楽部の全面協力による楽団の演奏付き。優雅に踊る二人に、「これでミス学園はエレーナ様が三年連続ですねぇ」、「毎年男は違うけどね」と言う文芸部の先輩たちの言葉に、なんかちょっとだけ、せつなくなりました。

劇と、ミス&ミスター学園によるダンスパフォーマンスが終了して、文芸部一同と図書室に帰ります。

「さあ！　ポエムカードのお披露目ですよ！」

カルタでは訳が分からないので、そういう名前にしたようです。まあセレアの国の言葉で「歌留多」って呼ぶと、ヒロインさんが、セレアが前世の記憶持ちだと思うかもしれませんのでしょうがないですか。

「君がため、春の野に出で若菜摘む……」

「はい！」

「きゃあああ――――！」

……けっこう燃えますねこれ。セレアが読み上げるカードに、普段おとなしぶっているご令嬢のみなさんがきゃあきゃあ歓声を上げながら床の上でカードの取り合いですからね。体も使うし、反射神経も要求されるし、なにより詩文への深い造詣《ぞうけい》が求められます。来年の体育祭の女子の競技になればいいですが。僕も図書室の前で呼び込みに参加します。

「……なにをしていらっしゃいますの？」

こんなところにも絶対女王、生徒会長のエレーナ様が。

「ポエムカードです。古今東西の名文たる詩文を集めて、それを読み上げますので、床に置かれたカードを探して取る遊びです。文芸部のみなさんが作ってくださいました」

「まあ、優雅なこと」

「わかりますか、さすがですお嬢様。詩文への造詣に記憶力と反射神経も試されますよ？　ご一緒にいかがですか？」

会長が参加してくれましたけど、いやあ強い強い！

「しのぶれど、色に出にけり、わが恋は……」

「はいっ!!」

読み上げられる詩文、ほとんどご承知のようでして、さすがのご教養でございます。記憶力も大したものです。ただ、そのものすごい気迫とスピードでカードを奪う力業はなんとかなりませんかね。どこが優雅ですか。会長の負けず嫌いはどこでも変わりませんね……。

「面白いですわね！　来年から体育祭の女子の競技に採用してみるのは確かにいいですわ！」

なんだか会長に圧倒的に有利なゲームってことになりますか。不公平でダメかもしれません。もっと女子全員が公平に楽しめるゲームにしないと……。

時間ギリギリになってしまいましたが、美術部の展示も見に行きました。王子としての公務みたいなもんです。学園内で行われている行事で、王族が学園に通っているのに、見に来てもらえなかったとなるとがっかりされちゃいますから。音楽部は、演劇部と合同みたいなもんなので一応劇と一緒に聞きましたってことで。

「うわぁ……素敵ですねえ……」

セレアはきれいな静物画に大喜びです。パステルと水彩が多いかな。全部静物画ってのは、ちょっとどうかと思いますね。貴族の手慰みですので、インドアです。

「どうでしょう殿下！」

「殿下はやめて。シンでお願いします。静物画は美術の基本だと思うけど、上級生はそれを卒業してもっと外に出て風景を描くか、人物を生き生きと描くかしたほうがいいと思いますね……」

「うう、手厳しい……」

美術部の部長はがっかりしますけど、僕はセレアの紙芝居、見せてもらっていますから。美術部みたいに上手ではありませんが、それでも、物語の一場面を躍動感ある絵で生き生きと描いていました。それと比べると美術部の絵、つまらなく見えちゃいますねえ……。

「神話や物語の一場面を描いてみるのはどうでしょう？」

「なるほど、昔からある手法ですね……」

「絵は上手でなくてもいいんです。細かく描けてなくてもいい。僕は人物や物語が生き生きと描けていれば、作品として十分素晴らしいと思いますね」

「はい！」

「テーマを決めて、美術部員で協力して、それをつなげて、絵巻物みたいに一つの物語を作り上げるってどうですか？」

「それ、いいですね！　来年やりたいです！」

美術部長にもいいアイデアだと思ってもらえたようです。

「その、できれば子供が喜ぶような内容で……」

「絵本ですか……」

いいものができたら、美術部や文芸部の部員たちに協力してもらって、養護院や病院の子供たちに見せてあげたいので。

夕方には、学園祭も終了。夜には打ち上げのダンスパーティーがあり、そこで一曲セレアと踊ってから、早々に退散します。なんか予想つかないイベントとか始まっちゃったらイヤですもんね。

夜遅いので、コレット邸から馬車が来てくれて、二人でそれに乗って帰ります。

「学園祭、楽しかったね！」

「はい！」

僕ら二人、特にイベントらしいイベントもなく、無事に切り抜けられました。ヒロインさんは、どうだったんだろう。誰かの好感度、稼げましたかねえ。攻略対象でもない演劇部の部長さんと、ずっと舞台の上でイチャイチャしていたんだから、それをみんなに見られてあとのフォローが大変だったかもしれませんね。

「セレア、メイドさん役すごく上手だったね」

「そりゃあ本物を毎日、屋敷で見ていますし」

「ベルさんみたいに？」

「……ベルみたいな接客はベルにしかできませんよ」

うん、あれは……、もう引退して今は主婦をしているベルさん、慣れればアレが普通だとわかりますが、わからない人には怖いかもしれません。まったく表情に変化がないですから。

「でも、今度のことでわかった。僕ら二人、たとえ王子や王子妃をクビになってもやっていけるよ。どんな仕事だってできる。君と一緒なら、なんでもできるよ、僕」

「あんな女ったらしの仕事をですか？」

「あはははは！　いいかげん、機嫌直してよ！　僕、廃嫡されて、追放されたって別にいいんだ。平民になって二人でなにかお店をやるのもいいし、養護院や病院で働いたっていい。僕とセレアの二人なら、王子と王子妃でなくたって、きっとちゃんと生きていけるよ」

「はい、私も平民になったたって、ぼろ屋に住むことになったたって、全然平気です！」

セレアがすごく嬉しそうに、本当に幸せそうにそう言ってくれるので嬉《うれ》しいですね。普通のお嬢様だったら、王子をやめる、国王になんてならないなんて言ったら絶対愛想尽かされますよね。そんなこと考えないでって怒られるでしょう。

「……ぼろ屋にしか住めないとか、僕、けっこう甲斐性《かいしょう》なしだと思われてる？」

「あ……。そんなことないです。シン様なんでもできちゃいますから。でも、無理はなさらないでくださいね」

「うん、わかった」

屋敷前に着きました。

「……でも、今日のシン様はちょっとやりすぎだったと思います！」

あーあーあー、やっぱり怒っちゃったか。

「じゃあ、セレアにもあーんしてあげるから」

そっと、セレアを抱きしめてキスしました。

6章 学園行事がいっぱい

「殿下はっ！　武闘会！　……出るんですか！」

シュバルツの上段からの切り下げ！　十手の柄と棒心を握って横一文字にして受ける！

「出ないよ！　そういう実力ってのはね！」

横なぎっ！　十手を斜めにしてシュバルツの木刀を滑り下げさせ、カギで受ける！

「隠しておかないとっ意味がないし！」

足に来た！　十手の棒心を足にピタッと当ててこれを受ける！

剣の刃は十手の棒心に当たり滑ります。だから角度を間違えると刃が滑って僕の体に当たっちゃいます。角度とカギの使い方がキモですね。

僕は片手剣と両手剣をシュリーガンとシュバルツから免許皆伝いただきまして、今は護身用に持ち歩く十手の訓練を毎日受けています。このシュリーガンが発明し、セレアが名づけ、シュバルツが極めた捕り物具、今は市内見回りの私服巡回兵の標準装備になりましたよ。

極めればなんでもできますねこれ。リーチ的に不利だと思うでしょ？　そうでもないです。剣ってのは柄元を二本の手で支えていますよね。だから剣の先端を十手のカギで捕まえますと、片手でも対抗できます。テコと同じですね。釘《くぎ》抜きの長いバールで、固い釘を抜くように、敵が持った剣をねじり取ることができます。だから敵の刃のさきっぽをカギに噛《か》ませて受けられればこっちのもんです。

そこが難しいと言えば難しいですが。普通に相手の三倍の技量がないと対抗できません。賊を取り押さえる「捕り物具」なんですから。相手を殺すならどんな手段でも使えますから簡単です。殺さないっていうほうが、圧倒的な実力差が要求されますね……。

剣士は剣をかわしたり、剣で受けるのはされますが、剣を「つかまれる」ってのは発想にありません。そこに敵のスキができるわけです。僕はこの、十手で敵から剣を奪う方法を十通りぐらい伝授されまして、それをやっております。剣を下げていなくても、十手で相手から剣を奪ってそれを使うこともできるんですから便利ですよ。学園を卒業するまでには、手加減していないシュバルツから剣を奪えるようになりたいですねえ！

剣術部のジャックは毎日部活で遅くまで練習をしております。

「お前は出ないのかよ……」

不満たらたらにジャックが僕に言うんですよ。二学期末に行われるこの学園の恒例行事、武闘派の貴族なんてもの少なくなりまして、出場者はほとんどが騎士の息子ばかりの剣術部で、それ以外は各クラスから一～二名ってとこなんですけど、ジャックは当然出る気満々ですね。

「……出るわけないよ。王族の剣術は王家御留流《おとめりゅう》、いざという時に使う秘密の剣。大っぴらに知られるわけにはいかないさ」

「俺たち師匠のブートキャンプでいつも一緒に剣振ってたけど……」

「でも僕とジャックの対戦は一度もさせなかったでしょ。キャンプでシュリーガンが教えていたことなんて、ジャックに見られても全然かまわないものばっかりだったよ」

「だ――――！　そうだったのかあああ！」

そこは王家の盾たる近衛兵たちの剣とは当然変わってきます。王家の役目は生き残ること。その神髄は、なりふりかまわぬケンカ殺法だと知ったらがっかりするでしょうねえジャック……。

「ま、そんなわけで今年は僕は応援するだけだよ」

「くそう……。卒業するまでには一回ぐらい出てくれよ。俺、お前とは一度決着をつけたいと思ってるんだからな？」

「うーん、それ難しいと思うな。出たとして、フットボールの時みたいに、王子に本気で打ち込めるやつなんてそうそういないから、簡単に優勝しちゃうよ僕。卑怯《ひきょう》でしょそんなの」

「言うねえ……。まあそんなことが本当にあったら、俺は本気でやらせてもらうけどな」

「はいはい」

出場者全員のキ○タマを踏み抜いて優勝する僕の姿をちょっと想像して笑っちゃいます。ダメだよねえそれ……。

☆彡

さあてそんなわけで武闘会当日です。授業を休みにしてこんなことやるんだからおバカな学園ですねえ……。伝統的に体育委員会が主催ってことになっています。むかーし、お強い貴族の生徒会長が、自分が優勝するために開催させた催し物ってのが発祥だったようです。もう潰しちゃえばいいと思うよそんなくだらない行事。

実行委員会作成のルール表を見ます。場所は学園闘技場。場外に落ちるか、審判が止めるか、降参したら負け。防具はなにを使っても自由。武器は打撃武器のみ。刃付き刃引きは禁止です。剣でしたら木刀を使います。槍《やり》は棒ですね。突きと急所攻撃は禁止、直ちに反則負けです。

顔面、金的など打ったらダメな場所がいっぱいあります。なんだ、それじゃあ僕、出場しても勝てないじゃないですか……。

実行委員長の開催宣言で、武闘会が始まりました。優勝者は表彰と、ミス学園にキスしてもらえます。今年のミス学園は生徒会長のエレーナ・ストラーディス様ですからねえ、盛り上がっています。

三年連続でミス学園だったよね？　人気はあるんだなあ。僕とセレアも客席から観戦します。

「男の子ってこういうの好きですよねえ……」

「優勝できれば一年間、学園で怖いものなしだろうし。貴族の見栄と俗物根性丸出しなイベントって感じするよ……」

セレアが喜ぶようなイベントじゃありませんが、まあ僕だって出なきゃいけないようなこともあるでしょう。ちゃんと見ておきましょうか。

ジャックの婚約者のシルファさんも、セレアの隣でハラハラしながら不安いっぱいに見ております。武闘会なんですから、ケガすることだってあるでしょう。そりゃあ不安にもなりますって。

注目のヒロインの攻略対象者で出場は、やっぱり出てきた脳筋担当のパウエル・ハーガン。それと剣術部一年生代表、僕の友人、ジャックシュリート・ワイルズの二人です。

勝ち方は……まあ相手の剣を叩《たた》き落とすってのがセオリーですか。叩き落とされた相手は負けを認めると。実に紳士的な決闘方法ですなあ……。戦場の闘いではありません。まあ、防具のある胴を思い切りぶっ叩くのもアリのようです。要するに誰が見ても勝ちってわかる勝ち方すればＯＫってことですね。けっこう審判しだいです。僕みたいにこっそり急所に当ててるような勝ち方は認められないって感じかな。

二人とも順調に勝ち進みましたが、ジャック、準々決勝で三年生に剣を叩き落され、敗れてしまいました。残念です。でも強いなジャックも！

優勝は！　……パウエル・ハーガンでした。さすがは主人公の攻略対象。剣術部でもない一年生が、三年生を破っての優勝ですから大したもんです。と、言いたいところですが、パウエル、近衛騎士団長の長男ですからねえ、だいぶ相手に遠慮があったような気がします。特に相手が騎士の家系だったりすると、勝つわけにいかないと言いますか……。

パウエルのほうはかっこうつけて隙が多く、僕から見て、「あれが優勝?」って感じでした。女性客には、キャーキャーと騒がれていい気になっておりますけど。

これは潰したほうがいいかもしれないな。行事として潰すのは無理かもしれませんが、爵位や身分の差をひけらかして相手を委縮させて勝つようなことはやめさせないと。なんかうまい方法、ないですかね?

エレーナ・ストラーディス様が闘技場に上がり、優勝カップを手渡します。すると、パウエルが片膝ついて、エレーナ様の手を取ってその手にキスします。

……え、それだけ?　エレーナ様からのご褒美のキスは?　どうやらエレーナ様にそれをさせるのはいくらなんでも恐れ多いということのようですねえ。つまんないなあ。


「あーあーあー!　面白くねえ!」

ジャック、荒れております。僕はそれなりに面白かったですけど、負けた当人にしたら面白くないですよね……。

「ケガはしなかったんだからよかったじゃない」

「……今日は残念会だ。街までなんか食いに行こうぜ!」

はいはい。

ジャック、シルファさん、僕、セレア、ハーティス君で、放課後街にお出かけします。

「どこに行こうか」

「そりゃちゃんとしたレストラン行くさ。フライドチキンなんか食う気しねーよ」

だよねえ。

「あ、あれ……」

ハーティス君が指さすと、街角であのピンク頭のヒロインさんが、ガラの悪そうな男どもに絡まれております。

「ナンパかよ……」

ジャックが言う通り、嫌がっているのは明らかですね。ま、見た目はものすごくかわいいからこういうこともあるか。こじれてるねえ。

「ちょうどいいや、ちっと助けに行くか」

何がちょうどいいのかよくわかりませんが、ジャックがずんずんとトラブルに関わっていきます。

あーあーあー、やめときゃいいのに。ほら、胸ぐらつかまれそうになってさっそくケンカです。

ジャックは強いですが、まあ人数が向こうのほうが五人と多いですし、これ、やっぱり僕も参加する流れですねえ。

「悪いけど加勢させてもらうよ」

ジャックを後ろから羽交い絞めにしているチンピラを一人、後ろから首に手を回して背負い投げして地面に頭から落とします。

「てめえ!!」

つかみかかってきたもう一人のチンピラをかわして足払いし、前のめりに転びそうになった裏の首に肘を落として顔面を地面に叩きつけます。

羽交い絞めから逃れられたジャックが、前にいるチンピラに顎フック。これも一発昏倒《こんとう》。五対二が二対二に。

「ふざけやがってえ!」

一人がナイフを抜きます。野蛮ですねえ……。ちょいちょいと手招きして挑発してやると、斬りかかってきましたので、十手を抜いてナイフを持った手首を打ちます。折られた手を押さえて転がる男の胃を思い切り蹴るとうずくまって吐きました。

もう一人はジャックが顎をカウンターのストレートで殴り抜いて勝負アリです。

……ぱちぱちぱちぱちぱち。

いつの間にか傍《そば》にいたシュバルツがニコニコ笑って拍手していますね。

「いやあ、お二人ともお強い!」

「護衛がそれでいいの? 仕事しようよ」

「お二人がこの程度のチンピラにケンカで負けるわけありませんので」

この騒ぎで衛兵が集まってきましたが、シュバルツの指示でさっさとチンピラ五人あっという間に確保され、縛り上げられ、連れていかれて終了。

「はー、スッキリした！」

武闘会で負けた腹いせを八つ当たりできたジャックと、手をぱーんとハイタッチして笑います。

「……お前、顔に似合わず、えげつないケンカするなあ」

「お互い様、ケンカに手加減無用。相手が倒れて動かなくなるまでやらないと、逆襲されるよ？」

「なるほど、秘密にするわけだ。王子があんな闘い方するなんて人に知られたらエライことだわ。あれじゃ武闘会に出られんな」

「……いや普通の剣もちゃんとできるってば」

「あ、あの……」

忘れてた。ヒロインさんがこっちに来て頭下げます。

「ありがとうございました！　ナンパがしつこくて、困ってて……」

「別にいいよ、じゃ、僕たちこれからかわいい婚約者とデートだから」

「おいっ！　お前たち！」

ずんずんずんずん、歩いてくるのはパウエル・ハーガンですねえ！

「貴様ら、彼女になにをしている！」

「……立ち話ですよ」

「右に同じく」

「ぱーくん！　来るの遅いいいいいい！」

……ヒロインさん、そのニックネームはどうかと思いますが……。

「お前ら、彼女をナンパしようとしていたな？」

「事実無根にもほどがあります」

「俺たちゃ自分の婚約者とデート中だよ。デートの最中にナンパなんかするかよ……」

そう言って、ジャックがシルファさんに手を振ります。セレアとシルファさんが制服のスカートをつまんで優雅にパウエルにお辞儀をします。通りの向こう側ですけどね。

「あ……いたんだ」

なにその反応、ヒロインさん明らかにがっかりしていますね。

「ぱーくん、シン君はね、私がチンピラに絡まれてるところ助けてくれたの。それはホントなの。王子様が助けてくれたの」

ジャックどこ行ったヒロインさん。お礼を言うならそっちでしょ。

……パウエル、呆然《ぼうぜん》としていますねえ。

「し、失礼しました、殿下」

「街中で殿下呼び禁止。お忍びだよ今の僕は」

お前今言われて気が付いたよね僕に。人に突っかかってくる前に相手は誰かよく思い出してみようよ。単純なやつだなあ……。

「じゃ、そういうことで。武闘会優勝おめでとう、ぱーくん。そっちもリンゴさんとのデート、楽しんで」

「リンスです!!」

「お、おい……！」

パウエルが動揺しているうちにさっさとセレアたちの元に戻ります。優勝おめでとうデートですかねえ。見境ないなヒロインさん……。

「……ジャック様、危ないことはよしてくださいませ」

「あんなの軽い軽い。危ないことないって」

「いやあジャックいくらなんでも五対一はちょっと調子に乗りすぎだよ」

「シン様、やりすぎです。ドン引きですよ。相手の方大ケガですよね……」

「……ごめん」

セレアに怒られます。僕が相手したほうは間違いなく病院送りです。確かにやりすぎました。考えずに体が勝手にああいうふうに動くんです。シュリーガンの訓練のせいもありますが、ちゃんと手加減もできない僕、まだまだですねえ。まあ今回はキ○タマを踏まなかったことは褒めてほしいかも。

「時間無駄にしたな、さっさと行こうぜ！」

ジャックが先頭を歩き、五人でお目当てにしてたレストランまで向かいます。

「……あれ、パウエルさんのイベントなんじゃないですかね？」

こっそりセレアが教えてくれます。

「あ、やっぱり？」

「デートの待ち合わせをしているとヒロインさんが絡まれて、それを攻略対象者が助けるんです」

「そりゃ悪いことしちゃったな。またイベント横取りしちゃって」

にやにやにやにや。

「……全然悪いことしたって顔じゃないですよシン様……」

「しかしお二人、強いなあ！　僕、暴力は嫌いだけど、あんなふうにいざって時に女性を守れるって、うらやましいです」

ほんと癒《いや》し系だよハーティス君は。

「ハーティスは、婚約者とか彼女とか、好きな女いねえの？」

ジャックが聞くと、ハーティス君どぎまぎしますね。

「……いないですよ。僕は研究が忙しくてそれどころじゃなくて」

「ハーティス」

ジャックが振り向いて、ハーティス君の両肩をがしっとつかみます。

「彼女はいいぞ。命短し恋せよ乙女。青春を無駄にするな。いいな？」

君がそれ言うのすごい違和感あるんだけど。

シルファさんが、ちょっと考えて手を打ちます。

「リンスさんなんてどうでしょう？」

「アレはやめとけ!!」

僕とジャックで合唱しました!!

☆彡

二学期の最後の行事、武闘会が終わって、冬休みになります。

国王主催の、王宮でのクリスマスパーティー。学園主催の、クリスマスパーティー、どっちに出るかって話ですけど……。

「僕らは断然、こっちだよね！」

「そうですね！」

ふわふわの白い羊毛モールのついた、赤い服と帽子かぶって、つけ髭《ひげ》をして、馬車に乗ります。なんでこのかっこなのかまったくわかりません。同じく赤い、似たようなデザインの服を着たセレアに言わせると、クリスマスはこれなんだそうです。わざわざ用意してくれたんだから、文句言わずに着てあげるのが夫婦円満のコツってやつです。

街は女神ラナテス様を称える像や飾りつけで賑《にぎ》やかですよ。

「ほーっほっほっほっほう――！　子供たち、一年いい子にしていたかな!?」

プレゼントを満載した馬車で、養護院に乗りつけます！

「いい子にしてたに決まってるじゃねーか、シンにいちゃん……」

「シンにーちゃんはわかるけどさあ、セレアねーちゃんまでなにそのかっこ」

僕ならわかるってどういうこと？　僕そんなふうに養護院の子供たちに思われてんの？　だいたいこれセレアの提案なんですけど？

子供たちにプレゼントを渡していきます。みんな大喜びですよ！　女の子にはぬいぐるみ、絵本、お絵描き道具。年長組には裁縫道具、料理道具も。男の子にはゲーム盤、フットボール、年長組にはちょっと難しめの本や、大工の道具なども。誰でも使えるように大量の文房具も備品として養護院に納めます。

大きなケーキ、それに肉！　じゃんじゃん焼いて、みんなで大騒ぎしながら食べます。食べたあとは、さっそくみんなで新しいゲーム盤で一緒になって遊びます。

「兄ちゃんつえええええ！」

「子供相手に本気出すなよ……」

「いやいやいや、君たち子供はね、目標となる高みというものをまず知らないと、自分がどんな大人になりたいかイメージできなくなるでしょ？　子供にも負ける大人見て、そんな大人になりたいと思う？」

「シン様、それは大人げないというんですよ……」

ぐはあ。セレアに怒られてしまいました。

寝る前にみんなでお風呂です。大浴場には大きなつい立てが設けられ、今は男女別に分けられています。養護院の年齢層も上がってきましたからね。もう奉公先が決まっている子供たちも多く、来年には職人の親方の元へとか、巣立っていくような子供たちもいます。

「にいちゃん、もうヤッた？　セレアねーちゃんとヤッ……がぼっごぼぼぼぼ！」

首根っこ捕まえてお湯の中に沈めます。児童虐待とかどうでもいいです。


子供たちを寝かせるのを年長組のみんなに任せ、急ぎ、王宮へ戻ります。

控室でさっさと着替え、パーティー会場へ。王子として、やっぱり顔を出さないわけにはいきません。忙しいです。

ダンスタイムに間に合いましたので、もう大人の人たちと一緒に、セレアと踊ります。毎年ここでしか会えない人がたくさんいます。多くの人とあいさつし、お世辞やおべんちゃらを言われ、それに失礼がないようににこやかに対応します。言質を取られないように言葉の端々にも気をつけてね。大変ですよ。

「殿下！」

スパルーツさんと、ジェーンさんも来ていました！

スパルーツさんは借り物みたいに体に合っていないスーツに、ジェーンさんは古臭くてやぼったいドレスを着ています。せっかく美男美女のカップルなのに、学者さんってこれだから……。まあそういうところがおかしくて、僕はこの二人が大好きなんですが。

「やあいらっしゃい！　来てくれて嬉《うれ》しいです」

「……招待状が届いた時は驚きました」

「わが国にとって今年最大の功労者ですよお二方は。招待しないわけがありません。これからは毎年です。覚悟しておいてください」

「はあ……、僕ら、こんな華やかな場は苦手なんですけど……」

「慣れましょう。これから世界中にお二人の医学を広めてゆくのですから」

「そんな、とんでもない」

「とんでもないことはありません。世界に広める価値があるのです。胸を張ってください」

「スパルーツ・ルーイス、並びにグロスター村のジェーン。前へ！」

いきなり名前を呼ばれ、二人、驚きます。静かになった会場、二人の前に国王陛下までの道ができます。二人、固まってしまいました。仕方ないなあ……。

僕がジェーンさんの手を取り、セレアがスパルーツさんの手を取って、国王陛下の前までエスコートします。僕たちが陛下の前で深くお辞儀をして、あわてて二人も頭を下げます。手を離して、僕たちは横に並ぶ人たちのところまで下がります。

「面を上げよ」

厚生大臣が国王の傍で書面を読み上げます。

「血清による免疫治療の確立、並びに、種痘による天然痘の予防接種の確立という大いなる偉業を成し遂げた二人に、今年度の目覚ましい成果を上げた国民に与えられる『名誉功労章』を授与する」

どおおおお――――――と地鳴りのように拍手が湧きます！　二人、ぽかーんとしております。

国王陛下がその二人に、気さくに壇上を降りて歩み寄ります。

「二人ともよくやった。自らの危険も顧みず国民に尽くしてくれて感謝する。今後の活躍も期待する」

国王陛下が宰相が差し出す勲章を、二人の胸につけてあげます。大拍手ですよ。

「ここに並ぶ貴族領主の皆の者にも聞いてもらいたい」

陛下が会場を見回します。

「種痘をいまだ疑い、その接種を認めておらぬ者もここには多いであろう。余は国策として、天然痘の撲滅に本気で尽力するつもりである。ここに改めて申し伝える。諸君ら全ての領民に種痘を義務づける。一人の例外も認めぬ。領地に帰り、急ぎこの政策を実施せよ。この会場の外にも種痘所を設けておる。今夜、このパーティーに出席した者で、まだ種痘を受けておらぬ者は全員そこで接種を受けてもらう」

おおお……とかよろめく貴婦人の方多数。

「それまで帰さぬ。ま、あきらめよ」

そう言って笑います。

強引ですねえ、国王陛下。ま、それぐらいやらないと普及しないのも事実です。

「さ、お二人、忙しくなりますよ？」

「え……」

スパルーツさんとジェーンさんが目をぱちくりします。

「あなたたちがやるんですよ。この会場のみんなに、接種を！」

「うわあああああ……」

パーティーも終わりに近くなり、帰宅する貴族のみなさんがお二人の前に列を作ります。学院のスタッフの人も来ていて、衛兵が種痘跡を確認し、未実施の方を手分けして接種をしてました。

スパルーツさんはヒロインさんの攻略対象になるほどの美男子ですので、ご婦人の列ができましたよ。みなさん今流行の肩を出したドレスを着ていらっしゃいますので、手早いです。

アルコールの綿で肩を拭き、二股になった接種針をちくっと刺して、その痕をガーゼを当てて包帯を一周巻いて終わりです。感染症予防のために接種針は何本も用意され、一回ごとにちゃんとアルコール洗浄、乾燥することも忘れません。

パーティーが終わってから、父である国王陛下に尋ねてみました。

「陛下は、もう種痘を受けられました？」

「いいや、まだだ。この先も余は種痘を受けるつもりはない」

……意外な言葉が返ってきました。

「なぜでしょう？」

「何事にも万が一ということはある。王家の中にも、最後まで種痘を受けなかった者も一人は必要であろう」

「ご自身が天然痘にかかられても？」

そう問うと陛下が笑いますね。

「種痘を受けなかったばかりに、天然痘にかかって死んだ。そんな愚かな王もいたという歴史もまた、使いようによっては役に立つではないか」

……やっぱりすごいですね父上は。誰よりも国民のために体を張っているのが、実は父上なのかもしれません。僕にはまだまだ敵《かな》いませんね。


翌日、雪が降りました。ラステール王国観測史上、実に十二年ぶりの雪です。寒い寒いとは思っていましたけどねえ、まさか雪が降るとはねえ。街は雪景色。きれいです。

朝食にセレアが現れないので、探してみると、王宮の庭で雪だるまを作っていましたよ！　コート着て、帽子かぶって、手袋して、完全防備で。すごく嬉しそうに！

「なにやってんのセレア」

「おはようございますシン様。雪が降ったら雪だるま、これはもう決まりごとです！」

うーんなんだかなあ……。

ゴロゴロ雪のかたまりを転がしてほんと楽しそう。セレアは、貴族令嬢としても、体が弱くて入院ばかりしていて外出できなかった前世でも、こんなことして遊ぶことが許されなかったのかもしれません。

「なに作るの？」

「国王陛下！」

「うわーハイリスクぅ!!」

しょうがない。僕も一緒に作りますか。なにかあったら一緒に怒られてあげましょう。

「もっと毛をフサフサに……」

「シン様、それはダメです。かえって失礼になります。ちゃんと作りましょう」

「目とか入れてみようか」

「異物を入れるとそこから溶け出します。こういうのは全部混じり物なしの雪で作るのが一番いいんです！」

朝食も忘れて二人であーだこーだやってるうちに、けっこう立派な胸像ができてしまいました。

「できたかな？」

うわっ陛下あああぁあああ！

コートを着て、国王陛下が雪の中、立っていらっしゃいました。

「……うわっはっはっはっ！　よくできておる！　さすがだ、セレア嬢！」

陛下わざわざ見に来て大笑い。どういう義父《おや》バカですか陛下。

「ありがとうございます。このような幼稚なイタズラ、お見逃しいただき恐悦至極に存じます」

セレアがスカートをつまんで、優雅にお辞儀します。

「さ、そろそろ中に入って温まりなさい。風邪でも引いたらどうする」

「そうですね、失礼しました」

そそくさとセレアの手を引いて、王宮に戻ります。

「くっくっく、うわっはっはっは！」

父上、いつまで笑ってるつもりですか。

☆彡

新年を迎え、短い冬休みが終わって、三学期が始まりました。

見るのを忘れていたんですけど、二学期の期末テストの結果がまだ貼ってありました。テスト終わったらみんなさっさと帰省してしまいますから、さすがに冬休みは赤点がいても補習はなしです。やるとしたら新年明けてからになりますか。

一位は僕、二位はハーティス君。

……びっくりです。ヒロインさんが三位につけています。

「勝負かけてきましたね……」

八位のセレアがつぶやきます。これでヒロインさんは成績では女子のトップです。ついにセレアも抜かれました。大したもんです。

「シン様があまりにもヒロインさんに興味を持たず名前も覚えてくれないので、イヤでも目につく作戦に出てきたんだと思います」

「成績ってこんなに簡単に上がるもんかなあ」

「そこはゲームですから、パラメーター上げを全部勉強にすれば案外簡単に上がりますし……」

パラメーターってなに？

「言ってることはよくわからないけど、元々ヒロインにはそれぐらいの実力はあると」

「一通り攻略対象者と知り合いになってしまえば、あとは卒業までに目標値に達していればいいわけですし」

へーへーへー。

僕ら、養護院と王宮のパーティーに顔を出し、学園の方のパーティーには関わらないようにしました。ラブいイベント盛りだくさんといわれている学園のクリスマスパーティーをスルーしたんです。出席していれば、なにかイベントがあったはず。でも僕が関わるのはご遠慮願いたいわけですし……。

「シンくうううううん!!」

……くそ、ついに覚えたなピンク頭。僕のことを「シン様」とか「王子様」と呼ぶ相手を、僕は決して友人とは認めないことをようやく学習したようです。

「こんにちはリボンさん。なにかご用ですか？」

『リ』しか合ってないし……。リンスです！」

『ン』も合ってるじゃないですか。だんだん正解に近づいてきましたね」

「どこがですか……。これ見てくれました!?」

そうして掲示板の成績順位を指さします。

「ふっふっふ、私もだいぶシン君に近づいてきましたよ？」

「あー、何位でした？」

「三位です！　どうして名前覚えてくれないんですか！」

「僕もさすがに全校生徒の名前は覚えられませんので」

「そんなにハードル高いですか私の名前！」

「どの生徒さんも特別扱いはせず公平に接したいと思っております」

「じゃあ覚えておいてください。成績のライバルとして！」

強いな――。これぐらい押しが強くないとダメですかねヒロインて。

「シン君、クリスマスパーティーに来てませんでしたよね？　なにやってたんです？」

「僕はセレアと二人っきりで、クリスマスにふさわしいそれはそれはロマンティックな夜を堪能していましたよ」

一応防衛線を張っておきます
「あ……セレア様……セレアさん、失礼しました」

今になってセレアに気がついたみたいに、ヒロインさんがセレアに挨拶します。

「おひさしぶりです、どうぞお気遣いなく」

何事もないかのようにセレアがヒロインさんに挨拶しますね。うん、大丈夫なようです。

「へえ……二人で。やっぱり婚約者って、素敵ですねえ――」

いつも言ってることと違うぞコノヤロー。お前婚約者に縛られてるなんてかわいそうとか言ってたよなオラ。

「王宮のクリスマスパーティーに出たんでしょ？　いいなあ！　素敵そうで！　私も卒業までには一度ぐらい、お誘いしてくださいよ！」

「王宮のクリスマスパーティーの招待状は王宮が発行します。僕がどうこうできるものじゃありませんね」

「ハードル高！　でも学園のクリスマスパーティーも楽しかったですよ？　お二人にはそっちにも出席してほしかったです。お二人、ダンスが素晴らしいって！」

いろいろ情報集めてるなあコイツ。怖いわ。

「卒業するまでには、一度ぐらいね……」

「楽しみにしてます！　じゃ！」

やっと解放してくれました。

教室に戻ると、ジャックとシルファさんがいました。

「ようひさしぶり」

「ひさしぶりジャック。シルファさん」

セレアとシルファさんも挨拶を交わします。

「ジャック、学園のクリスマスパーティーに出たかい？」

「シルファと一緒にね。ま、けっこう面白かったかな」

「どう面白かったのか詳しく」

「……妙なところに食いつくなあ、ほら、あのピンク頭いただろ？」

「うん」

「あれが、制服着て出席してきてさあ、ドレスを破られたって。男どもが誰が破ったんだって大騒ぎしてたなあ」

「……」

セレアが複雑顔です。たぶんそういう事件起こると知っていたのかもしれません。

「なんだそりゃ……。男どもって誰？」

「脳筋とバカとクール担当」

パウエルとピカールとフリードか。しかしその呼び方、ジャックにもすっかり定着してしまいましたか。僕そんなに口に出してましたかねえ。

「誰か女生徒がやったってことになるのかなあ……」

「あいつ学生寮住まいだからな、寮の女生徒は全員犯人扱いさ。シルファまで疑われてよ」

「そりゃひどいな」

「シルファは俺という婚約者がいるんだから、あのピンク頭に嫉妬する理由がねえよって言ってやったよ」

「ぐっじょぶだジャック」

「なんだよそれ……。とにかく、パーティーはそれでギクシャクしてたな」

ふーん……。また敵を余計に作りそうですなあそれは。

無自覚に目立ってしまう体質はあいかわらずです。来年は僕も学園のパーティーにちゃんと出たほうがいいかな。なにより彼女がいじめられているなら、それをなんとかしなきゃいけませんし、そんなことでせっかくのパーティーを台無しにされたらみんなにも気の毒です。男どもも、ヒロインさんにカッコいいところ見せたいのかもしれませんが、騒ぎたてるほどヒロインさんは困った立場になるでしょうに。

「彼女、パーティーでは誰とダンス踊ってた？」

「制服では踊ったりしないだろ。見てないね」

特定のキャラとダンスをすると好感度が上がっちゃうってことですかね。

「……三学期の選択科目のダンスの授業、彼女も私たちと一緒ですよ」

シルファさんが教えてくれます。

「ああ、俺とシルファはダンスの選択科目とってるからな」

「苦手を克服しようとするその意志やよし」

「抜かせ。お前らには敵わなくても、貴族の嗜《たしな》みとして恥をかかない程度にはがんばらないと」

なるほどねえ。ジャックも頑張っているんだねえ……。

「ジャックさん、ダンスはテクニックじゃなくて、まずはダンスを楽しむことですよ」

セレアがニコニコして言いますが、「そりゃわかってるけど、学園のダンスの先生はそうは言わんでしょ」ってジャックがウンザリ顔です。僕らが五年間習った先生とは違いますね……。

「僕らその時間は別の選択科目だからなあ」

「なに習うの？」

「哲学」

「お堅いことで……」

正直言いまして、僕も「哲学」ってなんだかよくわかりません。でも、上流階級でも自己弁護的に都合のいい哲学者の言葉を持ち出して、それっぽくわがままを通そうとする俗物っぽい人は少なくないので、ちゃんと知識を持って反論していかないと恥をかく場合もあります。一般教養程度には、知識を持っていたいところです。

哲学の授業、先生はおじいさんです。出席者は十人だけ。人気ないなあ……。

残念ながら最初の授業、自習になってしまいました。授業のレベル合わせで、全員に知っている哲学者の言葉をなんでもいいから言ってみなさいってことになって、セレアが『我思う、故に我あり』って言ったら先生考え込んじゃって、本をぱたりと閉じ、「私は急ぎ研究に戻ります。今日の授業は自習にします」って言って教室を出ていっちゃったんです。

セレア、なにしてくれてんの……。そんなにすごい格言ですかねそれ……。

「ジャックのダンス教室でも、見に行ってみようか」

学園では選択授業で、自分の科目がない間はフラフラしている学生がけっこういます。科目をあんまりギリギリに取っていると、一つや二つ落としただけで落第しちゃいますのであんまり感心しませんけどね。

「セレアはなんであんなこと知ってたの？」

廊下を歩きながら、さっきのことを聞いてみます。

「入院していた時に読んだ本で、『吾輩《わがはい》は猫である』って、猫が主人公の小説がありまして、その中で主人公の猫が、『こんな三歳児でも思いつきそうなことを真面目に考えてた哲学者がいるなんて人間ってバカだ』みたいなことを言っていたので覚えていまして……」

「……それ先生には言わないでね」

猫にもバカにされるようなことを、先生はこれから大真面目に研究しようってことになっちゃうんですかねえ……。罪な女ですねえセレアも……。

ダンス教室、廊下の窓から中の様子がうかがえます。

……なんか揉《も》めてます。

例によってピンク頭と、バカ担当と脳筋担当。ヒロインさんとピカールとパウエルです。もうこの三人、別々にしてどっかに監禁したいです。ダンス教室には生徒が二十人ほど。女子が十五人で男子が六人。男子は誰でもダンスなんてやつは嫌いですから、参加者は少ないです。これに加わるって、メンタル強くないとダメですね。それにしてもピカールはともかく、あの脳筋担当がダンスを習うって、なんか意外です。ま、ピンク頭狙いでしょう。

ヒロインさんでも取り合っているのかと思ったら、どうも違うようですね。シルファさんが僕らに気が付いたので、窓を開けてちょいちょいと手招きします。

「なに揉めてんの?」

「あ、あの……。リンスさんのダンスの練習着が、破られちゃったみたいで」

またか――――! なんかクリスマスパーティーの時も、そんなのなかった?

「いったい誰がこんなことを!」

パウエルがビリビリのダンス練習着を持って怖い顔してダンス教室のみんなをにらんでおります。

シュールな絵柄です。ピカールも僕らに気づいたようで、「……やあシン君、セレア嬢、奇遇なところで顔を出すね？」なんて声をかけて近寄ってきます。

「授業が自習になってね。ジャックのダンスでも見てやろうかと」

「嘆かわしいことにそれどころじゃなくなってね。リンス君のダンス練習着が破られてしまったよ。クリスマスパーティー以後、これが二度目さ。どうしたものか……。パウエル君はあの通りだし」

激怒しているパウエルを見て肩をすくめます。うーん、ヒロインさんの無自覚に事を荒立ててしまう体質はあいかわらずです。ゲームの強制力ってやつを感じます。

どうしたものかって言われても、これぱっかりはね。女の争いに男が顔を出すと余計ややこしくなるような気がします。ジャックも、白けたふうに我関せずと、鏡の前でステップを踏んでいます。

僕が口出していいものかどうか、ちょっと迷いますねこれは。

「私のダンス服、持ってきます！」

そう言ってセレアが小走りに廊下を駆けていきました。なるほど、それはいいな！

ダンスの先生がパウエル君をなだめていますが、怒りが収まらないようですな。やっかいなやつです。なんでも事を大げさにしすぎだよ……。

セレアがダンス服を胸に抱いて戻ってきて、教室に入ります。

「あの、私のダンス服、お貸しします。これを使ってください」

「せ、セレア様？　なんでここに」

ピンク頭びっくりですね。

「その、様はやめていただいて……。同じ学生ですから」

にっこり笑って、リンス嬢に練習着のダンス服を渡していますね。

「貸すだけです。これからもずっと使ってください。返す必要はありませんから」

「で……、でも、それじゃセレアさんが」

「私はいいんです。ダンスの授業は取っていませんでしたから。これは入学した時に支給されて一度も袖を通さずロッカーに入れたままでしたんで、ちょうどよかったです。使ってください」

ぱちぱちぱちぱちと、ピカールが拍手します。

「素晴らしい、美しい友情だ。リンスくん、受け取っておきなさい」

「でも……」

「セレアくんのダンス着ならば、まさかそれを破ろうとする者もいないでしょう。ここにいる全員が証人です。破った犯人が誰かなんてわかりませんが、もうそんなことはどうでもいい。今後はきみのダンス着を破ろうなんて人間は現れない。それでいいじゃないですか、ねえパウエルくん」

「……なぜ都合よくあんたらがここにいる？」

パウエル、いいところ？　を奪われておかんむりですね。

「別の科目の選択授業を受けていたんだけど、自習になってね、やることがないんでジャックのダンスでも笑おうかと思ってさ」

「おいおいおい、失礼なやつだな！」

ジャックが燕尾《えんび》服風の練習着でこっちをにらみます。まあ僕とジャックが仲のいい悪友なのはこの学園では知らない人間はいないでしょうし。

「シンくん、セレアくん、きみたち二人はダンスの名手として社交界でも名が知られている。どうだい、そういうことならついでだから時間まで、一緒に踊らないか？　いいですよね、先生」

余計なこと言うなよピカール！　関わりたくないんですけど僕！

「いいですね。ぜひお願いします。男子が足りなくて」

中年女性のダンスの先生、助かったとばかりに僕らを見ます。

……しょうがないか。

そんなわけで、僕らも時間まで、制服のまんまなんですけど、ダンスレッスンに参加しました。ピアニストさんのピアノに合わせて、基本のステップをみっちりと。僕は女生徒たち、だいたい全員と公平に。ピカールもパートナーをとっかえひっかえ。ジャックはシルファさんとずーっと二人で。

ヒロインさんはピカールとパウエルを交代で相手しています。それは他の女子に妬まれるでしょう……。男子生徒なら他にもいるのに、先が思いやられます。

パウエルはヒロインさんと踊ったあとは、一人でシャドーステップを踏んで練習しています。何しに来てんの。

セレアは、びっくりなんですけど、男役《リーダー》を務めて女生徒と踊ります。器用だなあ……。踊りやすいって、女生徒に人気ですよ。

「さすがは殿下です。セレア様もお見事です。やはりダンスは上手な方をパートナーにして踊るのがなによりの勉強になりますからね！」

「先生、殿下はやめてください……」

「いや、実際、大したものだよ。さすがはぼくのライバル」

こんな基本ステップでなに言ってんのピカール……。

まあ、ピカールはさすがに上手です。でも自分が目立とうとするそのダンスは感心しませんね。ダンスの主役はパートナー。そこ間違えたらダメだよ。

ピンク頭が僕と踊りたそうにこっちを見ていますが、関わりたくないので他の女生徒に手を差し伸べます。

「こんなところで殿下と踊れるなんて感激です！　一生自慢できますわ！」

「こんなところで殿下はやめてよ。シン君でいいからさ。これからも何度だって一緒に踊るチャンスはあるんだから、自慢なんてしなくていいよ。さ、踊ろう！」

結局、授業なのかダンスパーティーなのか、よくわかんなくなっちゃいました。

今日も一つ、イベントを回避できたのか、余計関わることになったのか、どっちだったのかなぁ。

ま、どうでもいいやもう。

☆彡

三学期の学園行事、年度末も近いので生徒総会が開催されます。

前二年開催されていませんでした。僕があれだけいろいろやらかしましたので、まあやらないわけにいかないでしょうね。講堂で全校生徒を集めて、壇上には生徒会役員の皆様、学園の絶対女王、エレーナ・ストラーディス様がご君臨なさっておいでです。

で、やるのはまず会計の修正報告から。過去三年分の、つまりエレーナ様が入学なさってからの三年分の修正報告ですよ。エレーナ様が生徒会長になったのは二年生の時。だったら二年分だけ修正報告すればよさそうなものですが、先輩の残した負の遺産でしょうか。使い込んだ雑費の分を全部なかったことにするためですね。

驚くべきことに雑費はゼロ円。本来雑費に充てられていた使途不明金は、いつの間にか補填され、翌年の繰越金扱いです。二年度前は金貨十五枚、昨年度が金貨三十二枚。いったいなにに使っていたのやら。もちろん今年度の雑費、金貨六枚もゼロ円となりますので、合計金貨五十三枚を生徒会役員のポケットマネーから、こっそり補填したことになります。ご愁傷様。

まあ、そこはもう突っ込むのはやめてあげましょう。そこまで会計さんが汗ダラダラで早口で説明し、顧問の先生がにこやかに監査報告してこれを承認して、修正報告は終わりです。先生も立場弱かったんですねえ……。

まあ生徒の半分ぐらいは「そういうことか」と思ったかもしれません。でも絶対女王が会長ですから、わざわざ質問に立ってそれを追及する人もいませんか。これでもう生徒会費を生徒会の優雅なお茶会に流用するなんて悪しき習慣は今後はないということで、会場の拍手でこれを承認します。

ま、もしこれが修正されることなく、知らん顔で通そうとしたならば、僕が遠慮なく追及したことになりますが。

その後は、一般会計報告です。

学園内には部活が演劇部、美術部、文芸部、音楽部、剣術部の五つしかなく、これらの部活が使う備品代などたかが知れている感じです。演劇部が一番予算を使っているんですよね。舞台の大道具、小道具とか衣装とかお金がかかっていますから。

もう少し公平に生徒会予算が使われるようにしたいところです。生徒会が一番お金を使うのは学園祭になります。演劇部にお金が使われているわけです。これはそもそも催し物をするクラスが少ないですので、公平にならないんですよね。僕らのクラスがやった執事・メイド喫茶、儲《もう》けがなくギリギリ赤字にならない程度でした。なので生徒会の予算は使っていません。今年度の繰越金で予算に余裕がありますので、来年は全クラスで催し物ができるぐらい活発にしたいです。

全ての収支報告が終了し、活動報告がなされ、生徒の拍手によって承認され、これで生徒会長のお仕事は全部終了。来月には卒業なさるエレーナ様が、最後に壇上で、全校生徒に頭を下げ、拍手されて退任されました。よかったよかった。

「来年度の生徒会長ですが……」

慣例なら二年生の生徒会役員の中からエレーナ様が推薦なさると思いますが……。

「シン・ミッドランド君を推薦いたしますわ」

うおおおお――――と会場が盛り上がります！

そうくるか……。ま、たぶんそうくるって予測はしてましたよ正直。

僕にさんざんやり込められた意趣返しもあるのでしょう。一年生の僕が推薦されましたので、自動的に僕が二年生、三年生と二期連続務めることになってしまいます。それ以上に、セレアのゲーム知識でも、僕は二年生からすでに生徒会長ってことになってましたんで、もう受け入れるしかないですねこれは。ゲームの強制力なのかもしれませんけど。

呼ばれて壇上に上がります。拍手がすごいです。会長が差し伸べた手を握り握手します。

「わたくしたちがさんざん苦労させられたんですもの。同じ目にあってもらいますわ、未来の国王陛下。生徒会の運営程度、軽くこなしてくださいますよね？」

「そりゃあね。お茶飲んでるだけなら誰でもできますからね」

エレーナ様のほおがヒクヒクと引きつります。

「期待しておりますわ」

「謹んでお受けいたしたいと思います」

最上位の礼を取り、講堂に向き直って、全校生徒のみなさんにも頭を下げます。

勉強も、公務も、生徒会も、僕寝てるヒマもなさそうです。

生徒会長に任命されて、生徒総会後に、生徒会室に呼ばれます。

「さあ、お手並み拝見ですわ」

生徒会長のエレーナ様から、生徒会室のカギと、会計さんから生徒会室の金庫のカギを受け取ります。

「お受けいたします。さてその他の生徒会役員ですが……」

「生徒会役員は、会長が自ら学内の生徒を指名してやっていただくことになりますわ。ご自分の目で、よき人材を選んでいただきたいものです」

「では会計さん、レミー・アトキンソンさんでしたか。二年生でしたよね。副会長をお願いします」

「は、はい！」

レミーさん、びっくりです。他の役員さんも驚きのようですね。まさか僕が旧役員の中からメンバーを選ぶとは思っていなかったようでした。

「……殿下はご自分のスタッフをすでにご用意していらっしゃるものと思いましたわ？」

「僕には取り巻きはいませんので、生徒会役員経験がある方は大歓迎です」

あの矛盾だらけの使途不明金のつじつまをなんとか合わせた会計さん、三年生ばかりの生徒会役員の中でよくやりました。ぜひスタッフに欲しいです。

「他に二年生の役員は……いませんでしたね。三年生のみなさん、今年でご卒業でしょう。今まで生徒会活動、ありがとうございました」

「ふんっ！」

副会長も書記さんも、面白くなさそうです。

「ではこれで失礼いたしますわ」

「お役目ご苦労でした」

三年生の生徒会役員のみなさんが退席していきます。

「さ、では生徒会の会計を見直しましょうか」

「……はい」

レミーさんと金庫を開けて、生徒会費の残金を確認します。生徒総会の会計修正報告通り、金貨五十三枚分の繰越金があります。小銭がなくて金貨だけってのがもう、アレですねえ。

「これどうしたんです？　どなたが用意しました？」

「エレーナ様が『わたくしの責任です』とおっしゃって、全額補填してくださいました……」

「そうでしたか。生徒会役員全員でサロンで飲み食いしていたのですから、役員全員で公平に負担したかと思いました」

そこは公爵家ご令嬢の、いや、会長の矜持《きょうじ》というやつなのかもしれません。

「あの、このことはご内密に……」

「もう全校生徒にバレているでしょう。使途不明の雑費が突然、繰越金に化けては、不正使用を補填したのだと思わない生徒もいないでしょう」

「……もう許してください」

「はいはい。では再度計算をやり直してみます」

「これを全部ですか！」

「もちろん」

それから帳簿を全部ひっくり返し、計算をやり直してみました。まあ銀貨数枚分ぐらい間違っていたようですが、それぐらいは見逃してあげましょう。

「で……殿下」

「殿下はやめてもらいます。シン君でどうぞ」

「シン君、計算めちゃめちゃ早いですね！」

まあこれぐらいはね。別に驚かれるようなことでもないでしょう。僕もセレアに九九《くく》を習いましたし、リストにして収支の計算とか業務一般、普通にできますので。

「御前会議で鍛えられましたから。十一歳のころからずっと法の立案、資料作成、なんでもやっていますよ」

「うわあ……。すごすぎます」

「レミーさん、副会長として信頼できる御友人の方を二年生から一人、会計に任命してください。お任せします」

「よろしいのですか？」

「ええ、やっぱり生徒会役員には三年生になる人がいないとね。僕、上級生に知り合い少ないし、あんまりよく思われていないから」

「書記は……？」

「僕の友人に頼んでみます」

図書室に行くとまだ文芸部員のみなさんがいました。

卒業する三年生の卒業文集の原稿をまとめているんです。編さんとか校正とか編集の仕事を任されています。セレアも一緒になってやっています。来月にはもう卒業式なんですよね……。

「あ、いらっしゃい会長」

「……今後はそう呼ばれちゃうのかな。まあ殿下や王子様よりはマシかも」

みんな笑いますね。

「でもみんなは今まで通りシン君で頼むよ」

「はいはい」

みんなにしてみれば王子をシン君呼びはハードル高いか。会長呼びは、否定しないようにしましょうかね。

「ハーティス君、頼みがあるんだけど」

「はい、なんでしょう？」

「生徒会で書記やってくれないかな」

ハーティス君がうーんって顔しますね。

「……実はセレアさんから、きっとシン君がそう頼んでくるから、引き受けてあげてほしいって言われていたんですよね。いいですよ。お力になれるなら」

うわあお見通しか。さすがセレア。僕の考えてることなんて筒抜けです。

しかしサラッと引き受けてしまうハーティス君、さすがです。

「ありがとう。助かるよ」

「副会長と会計の方は？」

「それは三年生になる会計さんに頼んだ。生徒会にも三年のスタッフがいないとね」

「それがいいですね。二年生が会長じゃあ、三年生は面白くないでしょうから、バランスを取らなければいけませんし」

「じゃ、そういうことで頼むよ！」

あとで、レミーさんが同級生を連れてきて、ご紹介してくださいました。現二年生です。オリビアさんといいましてレミーさんのご友人です。

「やっかいごとを引き受けてくれてありがとうございます。会計に任命させていただきたいと思います。これから一年、よろしくお願いします」

「もったいないお言葉をいただき恐縮でございます。微力ながらお力添えをお許しいただければ幸いと存じます、殿下」

「ここでは殿下はやめて、王子様もなしで。後輩なんだから『シン君』でいいよ。どうしても呼びにくかったら、『会長』でもいいし」

「はい！」

「新学期が始まったら活動開始。また放課後に生徒会室に集まってください。よろしく」

さ、僕の生徒会役員が決定しました。今後一年はこのメンバーで頑張ることになります。エレーナ様に負けないようにしませんとね。

☆彡

一年の最後の行事は、卒業式と、卒業パーティー《プロムナード》です。

卒業式は学園、卒業パーティーは学園の保護者会が主催ですので、生徒会の仕事はありません。伝統的に生徒が手を出してはいけないことになっています。

卒業生のみなさんがローブを羽織り、ハットをかぶって入場し、学園長の話を聞いたあと、一人一人、卒業証書を授与され、特に目覚ましい成果を上げた者はその場で表彰されたりします。あとは退場、そして庭で全員で一斉に帽子を投げ上げて終了。

あっさりです。生徒会長の僕が特になにか送辞の言葉を言ったりとかはないんですよね。まあ在校生にも卒業生にも、余計なことを演説されないほうがマシというものなのかもしれません。そんなことよりみんなの意識はもう卒業パーティーに向いているわけですから。

午後、六時から学園の正面大ホールで卒業パーティー開催です。

素敵なドレスに、タキシードに着飾って卒業生は全員、在校生は任意参加です。

先輩たちと最後の別れを惜しむ在校生のみなさん、学生のパーティーですので、別に同伴者のエスコートなしで入場できないとか固いことはなしです。まあ当然僕はセレアを伴って出席です。

なんといっても主役は卒業生ですので、僕らは卒業生入場前に在校生のみなさんと一緒に先に入場していいます。ジャックもシルファさんの手を取って入場。ハーティス君は決まった相手がいないので、文芸部の女子部員を一人ずつエスコートしております。大変ですね！　ハーレムじゃないですか。ぁははははは！

えーとーえーと、ヒロインさんは……。

いませんね。あのピンク頭いたら一目でわかるはずですが。まだ誰をエスコート係にするか決められないってことでしょうか。あとでコッソリ入場してくるかもしれません。

卒業生が順に入場して、パーティーが始まります。

絶対女王、元生徒会長のエレーナ様は、ご自身の婚約者を同伴なさって出席していらっしゃいました。卒業したらご結婚なさるそうで。相手は五歳以上年上の公爵家の方でしたか。僕を見つけて二人で歩み寄ってきます。

「殿下、セレア様、このたびはエレーナの卒業のパーティーに足をお運びいただいて恐悦《きょうえつ》至極《しごく》に存じます。ラロード・ビストリウスと申します」

「ビストリウス殿におきましては近年のご活躍、何度も耳にさせてもらっています。王国のための尽力、感謝を申し上げます」

僕とセレアの二人でラロードさんに礼を取ります。

「在学中においては、エレーナをさんざんいじめてくださったそうで」

そう言ってニヤリと笑います。

「ラロード様、わたくし、殿下に別にいじめられたりはしておりませんわ？　人聞きの悪いことをおっしゃらないで」

「会うたびに殿下のことを、それはそれは憎々しげに文句を言っておりましたが？」

うんまあエレーナ様ほどの方ですと、当然親が決めた政略結婚ではありますが、別に仲が悪いようなこともないようですね。お幸せにと思います。

「生徒会長というお立場のエレーナ様に、僕のような一年生がご意見できるようなこともございません。在学中に失礼がありましたら、お詫《わ》び申し上げます」

「お詫びを言われるようなこと覚えがございませんわ。わきまえて」

「はい」

笑いを必死にこらえる顔を作ります。まあこれでラロードさんには通じるでしょう。

「じゃじゃ馬をならしていただいて、私からも感謝を申し上げます。エレーナは卒業が近づくほどに、どんどん元気がなくなっていきましたからねえ。よほど学生生活が楽しかったと見えます。よい学生生活の思い出をありがとうございました」

「それはよかった。生徒会長のお勤め、お疲れ様でした」

「……本当に疲れましたわ。お恨み申し上げます」

さっき言ってたことと違うじゃないですか。あっはっは。

「ま、これでエレーナ様も、僕との付き合い方がわかったでしょう。お世辞やおべんちゃらでなく、これからも本音で文句言ってきていいんですよ。ラロード殿もそうお心得ください」

「承知しました殿下。これからも殿下がエレーナのよき友人であってくれることを望みますよ」

そう言って、ラロードさんから差し伸べられた手を握り返します。

ダンスタイムが始まりました。三年生の皆さんが踊りますので、僕ら在校生は壁の花です。

二曲目、僕らもホールに進んで、シックなドレスに身を包んだセレアと一緒に踊ります。できるだけ優雅に、おしとやかにね。このパーティーの主役は卒業生ですから、僕らが目立ったらいけません。

卒業生への感謝を込めて、踊ります。

ラストダンス、僕はこっちを見てるエレーナ様にダンスを申し込みます。

「あらあら、殿下、いまさらわたくしに目移りしても、もう遅うございますよ？」

「ごめんよエレーナ、卒業おめでとう。独身最後のダンスを僕と」

「冗談ですわ殿下。謹んでお受けいたしますわ」

そう言って楽しそうに僕の手を取ってくれます。

中央に進んで、くるくると回ります。

「お恨みいたしますわ殿下」

「またかい。僕そんなに君に恨まれるようなことやったっけ」

「お目見えのお茶会、公爵家で順番に執り行うはずでしたのに、一番最初で決めてしまって、わたくし出番がありませんでしたわ」

あーそーなるのか。僕、すぐセレアに決めちゃいましたもんね。もしセレアがダメだったら、二番手、三番手が一応決まっていたわけですか。

「そりゃあ悪かった！」

「ちっとも悪そうに見えないところが本当に憎たらしいですわ」

そう言ってエレーナも笑いますね。

「……小さいころ、絵本のように、王子様とラストダンスを踊るのが夢でしたわ」

「こんな王子でゴメン」

君にも小さいころがあったのかって思ったら、くすくすいたずらっぽく笑いますね。少女のような笑顔でね。そのころの君はきっと、こんなんだったんだろうなって思えるような笑顔で。

「幸せになってね、エレーナ」

「ありがとうございます、殿下も」

エレーナのラストダンスを僕に取られたラロードさんが、あてつけっぽくセレアにダンスを申し込んで一緒に踊っています。ま、しょうがないか。ごめんねセレア。今日は譲って。

中央ではいつの間にか来ていたピンク頭のヒロインさんが、演劇部の部長と踊っています。演劇部の部長も三年生で卒業ですからね。これが最後になりますか。あの『シンデレラ』で披露したダンスを再現していますよ。目立ちたがりだなあ。

ダンスタイムが終わって、セレアの元に戻ります。

「……緊張してお腹《なか》が空いたよ。なんか食べさせて」

セレアが小皿に盛った料理を渡してくれます。どれもかじった跡があるのがお約束です。遠慮なく食べさせてもらいます。テリーヌを直接セレアの指から口の中に押し込まれ、周りのみんなに笑われます。ま、仲がいいところ、アピールですな。

文芸部の三年だった部長さんも来て、僕らに挨拶してくれました。

「今後の活躍を期待するよ、セレアさん」

「ありがとうございます部長。卒業おめでとうございます」

ヒロインさんは、バカ担当ピカール、脳筋担当パウエルとご歓談中。クール担当のフリードはパーティー会場の目立たないところでボッチを決め込んでおります。なにしに来てんの。ヒロインさんのフォロー待ちってとこですかね。演劇部の部長さんがピンク頭のところに来て、他の男どもと険悪に楽しくご歓談しております。騒ぎ起こさないでね。

「(……シン様はこの会場で、私に婚約破棄を突きつけるんですよね……)」

セレアがこっそりと、つぶやきます。

「(こんな和やかなパーティーで、そんなこと言い出すほど僕って空気読めない人間に見えますかね？　狂気の沙汰でしょ)」

なんなんだろうね、ゲームの中の僕。どう考えてもあり得ないよ。パーティーぶち壊しじゃない。そんな常識のないこと、僕がやるわけないよ。

セレアが真顔で、会場を改めて見回します。

「……本当にそんなことが起きたら、私はもういなくなってしまいたい……」

「それは困る。僕は愛する妻を一生失うことになる。絶対にそんなことさせるもんか」

セレアの手を握ります。

「シン様がやらなくても、ヒロインさんの攻略対象の誰かがやります……。シン様は元々私のことが嫌いでしたから、ほうっておくか、一緒になって断罪してきます」

「……ひどいな僕。でも大丈夫だよ。もしどうにもならなくなったら、二人で逃げよう。どこに行ったって二人だったら生きていけるって。なにも心配しなくていいよ、セレア……」

セレアがちょっと涙ぐんで、笑います。握られた手が、僕を信じてくれていることを伝えてきます。

僕らの卒業式の時は、僕たちにとってここが戦場になるかもしれません。やれることは全部やって、それでもダメだったら、逃げ出せばいい。僕は今の地位も権力も、セレアのためだったらなに一つ惜

しくない。

「逃げ出す練習しよっか」

「え?」

「こっちこっち」

セレアの手を握ったまま、そっと、移動します。会場が、わあって盛り上がるたびに、少しずつ移動してカーテンの陰に隠れ、窓のカギを開いてカーテンの裏から窓の外に出て、セレアの手を取って、横抱きにして窓から出します。

……なにやってんのヒロインさん。ピンク頭が外のテラス席の広場で、窓明かりを受けて、かすかに聞こえてくる会場の曲に合わせて、クール担当とダンスしてます。クール担当、戸惑い、困った顔しながらも、しょうがないなあという感じでピンク頭のリードに任せて踊っていますね。これもなんかのフォローイベントかな? 無視します。

植木に隠れて移動、移動。たったったーと、足音を立てずに、暗い庭を横切って、学園の柵にたどり着き、手をついてひょいと柵を飛び越えます。それから、セレアの両脇に手を入れて、抱き上げて柵の外へ。並んでいる馬車たちの中から、コレット邸の馬車を見つけ、こっそり近寄ります。

トントン。ノックすると、御者に扮《ふん》したシュバルツが待機していました。

「え? あ、殿下、もうお帰りで?」

「まだ途中だけどね、退屈だから抜け出して帰ることにしたんだ」

「はー、そうですか。殿下がいなくなっちゃあ、騒ぎになりませんか？」

「かまうもんか。さ、屋敷まで送ってよ」

音を立てずに扉を開け、セレアの手を取って先に乗せてから、僕も乗り込みます。こっそりシートに二人で身を伏せて。

「……なんか会場でやらかしたんですか？　殿下」

「いや、隠れて帰る練習さ」

「……なんで殿下がそんな練習する必要があるんです」

「会場がテロリストに占拠され、全員が人質になった時のために」

「そんなことが実際に起こったら、真っ先に逃げ出したりはしないでしょ殿下は」

シュバルツが肩をすくめて、馬車を出します。

僕は馬車の外から見えないように。シートに横に寝転がって、その間ずっとセレアを体の上に載せて抱きしめていました。

やわらかくて、あたたかくて、いい匂い。

たっちゃった。

……もう二人とも、子供じゃないんだなあ。

十歳から、ずっと一緒だったのに。ほとんど毎日、見ていたのに、あのころと、僕たち、ずいぶん変わっちゃった。でもこうやって二人でくっつくと、たちまち十歳に戻っちゃうような気がします。

一緒のベッドでお昼寝していても、誰にも怒られなかったあのころに。
今じゃもう無理ですね。メイド長厳しすぎます。

7章 ⚜ 二年生　生徒会長、始動

新学期になり、僕らは二年生になりました。

一年生になる新入生が入学してきます。入学式での在校生挨拶は生徒会長の僕がやったんですが、例によって「この門をくぐる者は全ての身分を捨てよ」という、校門に掲げられた国王陛下のお言葉を挙げて、貴族としての親の爵位を持ち出すようなことは学園の中でやらず、同じ学生として対等に友人となるように念押ししました。

「学生の間ぐらいは、そういうのナシで、たくさん友人を作ってください。身分を気にしないでふざけ合える友達、身分差別によるいじめのない教室を作ってください。そして、充実した学園生活を送ってください。その経験は、必ず、君たちの人生のプラスになります……」

それぐらい言っておかないとね……。僕もさんざん、今でも苦労させられていることですから。

生徒会の最初の仕事は、まずは部費の配分。生徒会室で、副会長の三年生レミーさん、会計の三年生オリビアさん、僕と同じ二年生のハーティス君と一緒に作業しています。

過去五年分のデータを集計して、その推移をグラフにしてみました。グラフはオリビアさんが作ってくれました。優秀です。部員一人当たりの金額が一番多いのが演劇部。一番少ないのが文芸部。

「……文芸部少ないねえ」

「紙とペンだけですからね……」

文芸部で、生徒会書記のハーティス君が苦笑い。

「文芸部は活動実績をもう少し作ってくれればいいんだけど」

「学園祭で文集の発行、展示だけですもんね」

学園のみなさんは貴族が多いもんですから基本的に忙しいのを嫌います。活動が全体的に低調なんですよね。ま、そのへんは校風といったところですか。その分勉強をしてくれるんならいいんですけど、そうでもないところが情けないかな。

「セレアさんの提唱で、今、養護院の子供たちの慰問のために創作紙芝居を製作中ですが」

「それは素晴らしいよ！　それ、ぜひ今年の活動実績にして！」

部費のなにがよくないかって、部費を配ったあとは放置なところですね。なにに使われているのか使途不明ってことになります。

「これ生徒会が勝手に実績評価して配るようになっているからいけないんだと思うんですよね。部長さんを集めて会議してみましょうか」

そんなわけで初めて各部の部長さんを集めて、部長会議をすることになりました。生徒会室に集めて、各部の活動内容を説明してもらいます。

びっくりなんですが、剣術部の部長、脳筋担当パウエル・ハーガンです。去年の学園武闘会で優勝したので、大威張りで入ってきて、今年から部長なんだとか。なんだかなあ……。

「どの部にも言えることなんですが、活動実績がほとんどないんですよ。演劇部は学園祭の演劇発表だけ、剣術部は学園の武闘会だけ、美術部も文芸部も音楽部もです。これ、他校との交流試合や、発表会に参加していないのはなんでですか？」

「フローラ学園は貴族学園だ。市民と競い合うようなことはやらん。やるまでもない」

パウエルが訳のわからない理由で自分たちを正当化しています。

「そんなんだからフローラ学園は世間知らずで自分たちの実力もわからない、井の中の蛙《かわず》になるんですよ。今年度からは学園外で、なにか活動実績を作ってください。まず今までの予算を三分の二に減らします。残りの三分の一を今年度の活動実績に応じて再分配します。各部は今月中に、今年度の活動計画と、購入品と使途別に予算申請をまとめて生徒会に提出してください。これ今までなかったことがもうおかしいんですからね？　昔はちゃんとやっていたんだから、元に戻します。いいですね」

元々、生徒会予算をあまり使わない美術部と文芸部と音楽部は抗議なしですが、剣術部、演劇部からは猛抗議。伝統がとか慣例がとかうるさいです。

「活動実績のない部に予算は出せません。ちゃんと活動計画を提出してから抗議してください。では以上」

こんなことから始めないといけないんだから面倒ですねえ……。

せっかくですので、放課後、各部を生徒会で訪問して、活動内容を見学させてもらいます。

音楽部は素晴らしいですよ。ちゃんと楽団になってます。みなさん上流階級の貴族が多く所属していますので、高価な楽器も自前でして、あまり部費の消費がない部でもあります。金持ちクラブですね。

「私どもはどちらかというと、音楽をみんなで楽しむことを第一に考えていますので、それなりに活動をしている感じですか……」

要するに部費を餌に釣れないということでもあります。

「それはもったいないですよ。国内で行われている音楽コンクールにぜひ出場してください。他校の、一般市民の生徒にも、フローラ学園の名を知らしめるためにも」

「そうするとかなり練習も積まねばならなくなりますし……」

「とにかく目標を定めて、一度出場してみてください。お願いします。生徒会のほうでエントリーさせてもらいますから」

「うひゃああ……」

あんまりやる気のない部長に、ちょっとは本気になってもらわないとね。

次、文芸部。

みんな紙芝居を描いてます。セレアもです。和気あいあいと楽しそうです。こういう部活もいいですよね。部長さんは三年生です。生徒会で書記をやってもらっているハーティス君はここでは副部長です。

「再来週には養護院で初のお披露目ですよ！　楽しみです！」

セレアはもう養護院でセレアねーちゃんという感じでみんなとは顔なじみですし、きっとうまくいくでしょう。

「僕も一緒に行くよ。みんながんばってね！」

「はい！」

「セレアはなにやるの？」

「『ピーチ太郎』！」

……なにそれ？

「川から流れてきた大きな桃から生まれたピーチ太郎が、おじいさんとおばあさんに育てられ、犬と猿と雉《きじ》をお供に従えて、魑魅魍魎《ちみもうりょう》の魔物が跳梁跋扈《ちょうりょうばっこ》する魔物ヶ島に攻め込んで壊滅させるってお話です」

「犬と猿と雉でなんとかなるのその作戦……。全然戦力足りてないと思うけど？」

「無限ポーションの『キビダンゴ』もありますし、妖刀ムラマサってチート武器も持たせます。基本潜入のスニーキングミッションですから」

そんなやかましいメンバー連れて潜入作戦《スニーク》が成功するとはとても思えませんけど、まあがんばれピーチ太郎。無茶はするなよ。

美術部は、パステルと水彩画ですね。優雅な貴族の手慰みという感じです。

「シン君に学園祭の時に一冊の絵本を作るのはどうだろうと言われましたよね。あれ、試しに作ってみたんですが……」

見せてもらいますが、うわあ人物画がヘタですねえ！　女神ラナテス様の神話の一つですが、いろいろ台無しになってます。

「ダメダメでした。人間が描けるようにならないと、物語って、作れませんね……」

「では今年は、人物デッサンに力を入れてみてはどうでしょう」

「そうですね、部員で交代でモデルをやって、ポーズつけてもらいましょうか」

「あ、あの！」

女子部員がスケッチブックを持って、集まってきます！

「か、会長！　その、ぜひ、モデルを、モデルをやってくれませんか！」

ぎゃあああああ。僕がモデルですかあ！

「ぜひ！」

どういう理由だかわかりませんが、僕とハーティス君で、ダンスを踊るという設定でポーズさせられました。確かにハーティス君は見た目も女の子っぽい美形ですけど、それでいいんですかね美術部の女子部員のみなさん？　なにか非常に腐臭漂う感じに盛り上がるのはやめてほしいんですけど。

あとで部長に、「本格的な油絵をやって、王宮主催のサロンに出展できるようになってもらうのが一番いいんですけど、それ目標にできませんか?」って提案してみました。

「うーん、今年はちょっと難しいかもしれません」

ま、学生ですからね、そこまで要求もできませんか。

演劇部も見に行きます。ここ、あのピンク頭が所属してますからねえ、あんまり行きたくないんですけど。

「あ――――!　シンくうぅぅぅんんん!」

目ざといな!　真っ先に目をつけられてしまいました。さすがはヒロイン。

「やあぼくのライバル、敵情視察かい?」

くるくる回りながらピカール登場。いやなんでここに登場するの?

「なんでいるの?」

「ぼくも演劇部に入ったのさ。去年の学園祭でシンデレラを見て感動してね、ようやくぼくが光り輝ける舞台を見つけたというわけさ。ここここそ、ぼくにふさわしい!」

そうして、ピンク頭の手を取ってくるくると踊り出します。

「ぴ、ピカール様、部活中です!　ダンスの練習はまたあとで!」

「かまうものかぼくのヒロイン……。愛は立ち止まってはいられないものなのさ」

うん、かまわないことにしましょう。部長さんに話を聞きます。

「昨年はシンデレラが受けましたのでね、今年はもっと大がかりなものをやろうと、一本に絞り、それだけを今から準備します」

「へえ、プロの劇団みたいですね」

「ピカール君が入部してくれましたんでね、バルジャン伯爵のバックアップも期待できそうで、今年は演劇部の歴史に残るような作品が上演できると思いますよ。期待していてください」

それってピカールとピンク頭がヒーローとヒロインやるってことですよね。今から見る気がまったく起きないんですけど。

「学園祭でやるだけではもったいないですねそれ。どこかで再演できるぐらいになればいいですが」

「うーん、それはどうかと。なんといっても学生の本分は学業ですし、学生演劇のコンクールみたいなものも、わが国にはありませんし」

そういえばそうか。市民学校だと演劇部って、まずありませんもんね。競う相手がいないわけですか。これはなにか考えてみたいです。

最後、剣術部。ジャック、剣術部でしたよね。話を聞いてみます。

「剣術部、どうなってんの？」

「ああ、あのパウエルってやつが威張ってるだけの部になったから、面白くなくなったな。俺は最近はサボってるよ」

……あっさりすぎるわジャック。

「そんなことになってんの？」

「まあな」

「……肝心なこと聞くけど、そもそもアイツ強いの？」

「正直よくわからん。素振りとか型稽古とか偉そうに命令してるけど、自分では剣を振らない。実戦方式の試合もさせない。あれじゃ部員が強くならねえよ」

それでか。

「要するに今年も優勝したいんだ」

自分より部員が強くならないようにしているわけです。

「……だろうな」

「自分はこっそりどこかで練習しているのかも」

「こっそりじゃねえよ。おおっぴらに騎士団見習いに交じって訓練してるさ」

「本当かいそれ！」

「学園の部活じゃあのピンク頭が練習場に来てきゃーきゃー言ってるしなあ。他の部員はやってられんよ……」

僕の護衛をしている近衛隊員のシュバルツを呼び出して、真偽のほどを聞いてみます。

「ああ、パウエル・ハーガンですね。ハーガン近衛隊長の長男です。確かに王宮の騎士団の訓練場に来て一緒に訓練していますね。隊長の息子なんで、みんなそれなりに対応してますな」

「……そういう公私混同は一番やめてほしいんですけどね。シュリーガンはなにやってんの？」

「副隊長は隊長の業務をほとんど代行していますので、現場にいられませんし」

ズブズブですねえ近衛隊長、クビにしたほうがいいのかなあ……。

☆彡

翌週、パウエルが訓練に来るという日、騎士団の練兵所を訪れました。

騎士団のみんなから話を聞いてみると、下の隊員たちから嫌われていますねえパウエル。相手させられるんだけど勝っちゃいけないらしくて、手加減してわざと負けてやっているんだってさ。

「……僕が相手するよ。顔を隠せるようなものはなにかない？」

「殿下がなんとかしてくれるんスか！」

みんな大喜びですよ。なんだかなあ。

「面頬を当てて兜《かぶと》をかぶればなんとか」

みんなあれこれ、用意してくれます。うまい具合に顔を隠して、簡素な防具もつけて、田舎剣士のできあがりです。

パウエルやってきました。

「今日も訓練に参加させてもらう。よろしく頼む！」

なんだその態度。お前隊長の息子かもしれないけど、ここではただの足手まといだろ。みんなに迷惑しかかけてないよ。

「坊ちゃん、ちょうどいいです。今日は騎士団に入隊したいって、平民の男が来ていましてね、いっちょ腕を見てやってくれませんか？」

「……面白い。いいだろう、相手してやる。連れてこい」

みんなにノせられて、パウエルご満悦ですね。円形のリングで、顔を防具で隠した僕が無理やりっぽく連れてこられます。裏声で、「よ、よろしくおねがいしましゅ」なんて、おどおどした態度で向かい合います。

「貴様、平民か？　平民ごときが我ら誇り高い騎士団に入隊するなど百年早い。実力のほど思い知れ」

そう言って、木刀の僕に対して、刃引きした鉄の練習剣をこちらに向けます。もうこの時点でかなり卑怯《ひきょう》なような気がします。だいたいお前もう騎士団に入ったつもりでいるの？　まだ学生でしょうに。卒業して騎士団の入隊試験に受かってから言えよ……。

「はじめ！」

「うぉりゃあああ！」

打ち込んできた剣をかわし、足払いして転倒させ、そのまま腕を取り後ろ手に肩を回してパウエルの腕に僕の膝を当て……。

こきい！　一気に肩関節を外します！

「ぎゃああああ!!」

パウエル絶叫！　のたうち回るパウエルの足を取り、僕の足に引っかけてぐるんと回って……。

こきっ！　足首の筋を痛めつけます！

「ぐわあああああ!!」

うるさいんで、そのまま倒れ込んで額に肘を落として、後頭部をリングに叩《たた》きつけ、昏倒《こんとう》させました。

「お、おおおお……」

周りを取り囲んでいた騎士団員がぱちぱちとまばらに拍手します。

「ひでえ…………」

「容赦ねえ……」

一斉に漏らすため息がそれですか。あまりにも無防備に倒れたので、つい体が勝手に動いちゃいました。

「まってまってまって。君らさあ、彼になにを教えてたの？」

騎士団を見回します。

「戦場に立つ者として、ただ転ぶにしたって転び方ってものがあるでしょ。こんな無防備な転び方するやついるもんかい？　すぐ追撃されてとどめを刺されるに決まってるじゃない。不注意すぎるよ。

起き上がるのを待ってくれる敵や魔物がいると思ってんの？　ちゃんとそういうこと彼に教えた？」

「教えてないッス！」

わざとかよ。ひどいなあ。

「……殿下、前より強くなってません？」

「もう剣術じゃないですよねそれ、完全にケンカですよね……」

うーん、まあその点はみなさんおっしゃる通りですが。

「だって王室流の剣術見せたら、僕だとバレちゃうし」

パウエルが担架に乗せられて、運ばれて行きます。

「……殿下、これあとで大問題になりません？」

「ああ、僕のことは、みんなで痛めつけて城外に放り出したってことにしといて。坊ちゃんのカタキはとっときましたって言っとけば別に問題ないでしょ」

「それで済むんすかねえ……」

「平民の騎士団志願の素人に、一対一で正式に立ち合ってコテンパンにやられましたんで、仕返ししたいからヤツの身元を教えてーなんて、言い出せないって。誰に訴えるの？」

「それもそうっすね」

一週間ほどして、パウエルを学園で見かけました。

頭に包帯を巻き、腕を肩から吊《つ》り、杖《つえ》をついて足を引きずりながら歩いていました。ちょっとやりすぎたかな。

「あいつ剣術部やめたよ。三年が部長になった」

ジャックが笑いをこらえて僕に報告してくれます。

「……あいつどうしたの？　なにやったらあんなケガするのさ？」

とぼけて聞いてみます。

「武者修行に城外に出たら、馬車が強盗に襲われてたんで、加勢して全員返り討ちにしたんだけど、自分もやられちゃったんだってさ」

「そりゃあすごい。生徒会で表彰してあげようか」

「それ、本気で言ってんのか？」

「もちろん」

ジャックが肩をすくめて「やめとけやめとけ。ウソに決まってるだろそんなもん」ってあきれます。

まあ誰が見ても、そう思うよね……。

☆彡

今日は王宮で外国の使節団の歓迎パーティーがあります。ハルファですよ！　姉上が嫁がれた！

大国のハルファの使節団が訪れるのは三年ぶりですか。通常は外務大臣が使節団のトップを務めますが、今回はハルファの王太子、バルター・ブリティニア様がご同行されています。姉上の夫です。姉上が嫁がれてから早いもので五年も経《た》ちましたよ……。もう子供が三人もいるんです。僕、実はもう叔父《おじ》さんなんですよね。複雑です。

「やあ、君がシン君かい。会いたかった。横にいるのはセレアさんだね、婚約者の」

パーティー会場でセレアと出席していたら、そのバルター様から声をかけられました。大変聡明で、大変やり手で、自国が大国であることを十分に意識した外交をなさる抜け目のない方と承知しています。

「お初にお目にかかります。お会いできて光栄です。姉上に会えなかったのは残念ですが、元気にしていますか？」

「お初にお目にかかります。セレア・コレットと申します」

「よろしく。サランは元気だ。残念ながら子供たちはまだ小さいし、四人目の子供がお腹にいて同行はかなわなかった」

ラブラブな話ですねえ。ハルファをミッドランドの血で染めてやる計画、今も着実に進行中ですか。

「ほら、見るかい？」

殿下が懐からガラス板を出して見せてくれます。白黒ですが、姉上と四歳の長男、三歳の長女、一歳の次男の肖像です。

「うわー……。すごいですねこれ！　まるで鏡に映して見たようです。絵とは思えません！」

「写真だよ。最近わが国で開発された技術でね、レンズを通してガラス板に肖像を見たままに焼きつけるんだ」

そう言って笑います。さすが大国、大した技術です。姉上、子供たちに囲まれて幸せそうです。よかった。セレアもそのガラス板を見て喜びます。

「サラン姉さま……」って涙ぐんでいますね。

「魔法のような技術です。素晴らしい」

「我が国は魔法大国として知られているが、これは魔法じゃない。科学技術さ」

「なににおいても最先端、素晴らしい発展ぶりです。うらやましい」

「そうでもない。最近君の国では、天然痘を撲滅したとか。どういう技術かね」

天然痘の予防接種、もう知られていましたか。隠していませんのでね、おおっぴらにしていますよ。なにしろわが国を訪れる外国人の方にも、できるだけ出入国時に、種痘を受けてもらうよう推奨していますから。

「撲滅はまだしていません。五年計画でしてね。牛痘という病気をご存じで？」

「さあ、知らないが？」

「牛がかかる感染症の一種です。人間にも感染するんですが、これにかかったことのある人間は天然痘にかからないんですよ」

「本当か！」

バルター様が驚かれます。驚いたふりでしょうか。絶対にすでに知っていて、その技術を手に入れたいと思っているはずです。

「牛の乳しぼりを生業とする畜産労働者には、天然痘の感染者が非常に少ないのでわかりました。天然痘は一度かかって回復すると二度とかかりません、ご承知で？」

「承知している」

「それと同じ効果があるんです。人間の体に備わる免疫という力ですね。体が一度かかった病気を覚えていて、二度とかからないようにしてくれているわけです。牛痘と天然痘はきわめて近いので、天然痘からも守ってくれるようになるんですね。牛痘は人間にかかっても軽い風邪のような症状にしかならずにすぐに治るので、前もって人間を牛痘にかけてしまうわけです」

「ほう……なるほど」

「牛痘による予防接種の効果は最低で五年。わが国では五年以内に全国民にこの牛痘の接種を行い、国内から完全に天然痘を撲滅する五か年計画を実施中です」

バルター様が驚き、かつ、不審な顔になります。

「……シン君」

「はい」

「それをペラペラしゃべっていいのかね？」

「ハルファでは天然痘ごとき、治療魔法で簡単に治してしまわれると聞いております。この程度の医療技術に用はないでしょう」

「……読めない男だな、君は。有能なのか、無能なのか。お人よしなのか、それともたぐいまれなる戦略家か」

「かいかぶりです」

「きゃあああああ――――！　スパルーツ様ぁあああ！」

突然の会場の素っ頓狂な声に思わずそっちを見ます。

あいたたたたた……。なぜかいるピンク頭がスパルーツさんにまとわりついています！

「こんなところでお会いできるとは思いませんでした！」

攻略対象ですもんねスパルーツさん。ゲームだと学園の教師をやっているはずなのに、なんでこんなところにいるんだってことになりますか。まとわりつかれて困っているスパルーツさんの元に歩み寄ります。

「……リンドンさん、ここは外国使節団の歓迎パーティーです。私的な騒ぎは起こさないように願います。だいたいなんで君がいるの!?」

「リンスです！　リ・ン・ス！　今度こそ覚えてもらったと思ってたのにい！」

「どうして君がここにいるの？」

「義父、ブローバー男爵の名代としてまいりました。以後よろしくお願い申し上げます」

いまさらのようにスカートをつまんで、礼儀正しく挨拶します。うぜえ……。

「会場では失礼のないようにしてくださいよ。外交問題になりますからね」

「了解しましたあ！」

片手を頭に当てて敬礼します。なんなのそれ……。

「スパルーツ君、君がかい」

バルター様が歩み寄ります。

「アルコールによる消毒技術、わが国でも大変効果を上げているよ。ジフテリアの治療方法も君のアイデアだとか。わが国でも注目している」

力強くスパルーツさんと握手します。

「いえ、間違って伝わっているようですが、アルコールの消毒技術も、血清による免疫治療も、ボクの手柄じゃないですよ。それを推し進めてくれたのはこちらにいるシン殿下です」

「シン君が……」

正確にはセレアの手柄と言っていいものでしょうけどね、まあそれは伏せておきます。

「種痘に至っては、ボクの手柄なんてゼロですね。全部こちらのジェーンがやってくれました。彼女が確立した免疫治療です」

スパルーツさんが傍《そば》に控えていたジェーンさんの手を取り、そっと隣に引き寄せて背に手を当てて前に出します。あいかわらず古臭くてやぼったいドレスを着ていますが、美人さんですよジェーンさんは。それをピンク頭がぎりっと歯を一瞬食いしばって見てますね。

「……驚きだよ。大変な業績だ」

「殿下」

ピンク頭がいつの間にかバルター様の横に来てささやきます。

「ジェーンさんを留学生としてハルファに迎え入れてはいかがですか？　かのお国ならばさらなるよい研究ができましょう。いい考えだと思いませんか!?」

うああああ余計なこと言うなピンク頭！　お前、スパルーツさんとジェーンさんが恋仲なのを見て取って、ジェーンさんを排除しようとしているな!?　なんて女だ！

「素晴らしい。ぜひそうしたい！」

そう言って、バルター様がジェーンさんの手を取って握ります。

「どうだろうジェーン殿。その技術、ぜひわが国で開花させてみませんか」

おっとう！　なんか図々《ずうずう》しいこと言い出しましたよこの人！

「わが国ではあなたを首席研究官として迎え入れましょう。多くのスタッフと研究室、豊富な資金を用意します。ぜひこちらに留学しませんか？　このような国で、いや失礼、しかしその才能、ラステール王国だけに閉じ込めておくのはあまりに惜しい」

「わ……わたし、その、天然痘の対策はまだ始まったばかりで、今はこの国を離れられません。新薬の研究も引き続き行っておりますし」

「それをわが国でやればよいと申しております。ずっと多くの人を救うことができるのですよ？　世界中にあなたの名が轟くでしょう。いかがです！」

　会場の皆さんに、大きくアピールします。

「ジェーン殿をわが国の最先端の研究所で学ばせる、みなさんにとっても喜ばしいことのはず。互いの医療技術向上のため、賛成願えませんか！」

　このやろう……。大国であることを笠に着て露骨に引き抜きにかかってきたな。そんなことぬけぬけとやってくるぐらいでないと、一国の王子は務まらないってことですかね。まあ外交ってのはそういうもんです。会場のみんなのあきれたような目もへっちゃらですか。大した心臓です。

「じ、ジェーン……」

「先生……」

　すがるような目をしてジェーンさんがスパルーツさんを見ます。

「き、君が、それを望むなら、その、ボクは……、いや、その」

「先生、私はそんなことは望みません。先生、お傍において研究のお手伝いをさせてください……」

「しかし、確かに、その、ハルファはわが国など及びもつかない大国であるわけだし……ボクには君の未来を……」

　さすがにこの一連のやり取りに黙っていられなくなったのか、父上の国王陛下がずかずかとこっちに向かって歩いてきます。それを、ちょっと手を上げて、制します。

　父上がほう、という顔をして、驚き、足を止めます。

「バカですかあんたたち」

　思いもよらぬ僕の暴言に、その場にいた一同が固まりました。

「スパルーツさん、あなた、ジェーンさんが好きなんでしょ？　愛していらっしゃるんでしょ？」

　スパルーツさんがあわあわします。

「ジェーンさんだって、スパルーツさんを愛していらっしゃる。片時も離れたくないはずです。なぜそれがお二人、おわかりにならないのです」

　ジェーンさんも真っ赤になります。

「二人、いつも一緒にいて、なんでそのことにまったく気が付かないんですか。朴念仁もいいとこですよ。これだから学者さんってやつは……」

　会場が笑いに包まれます。

「さあ、スパルーツさん。言ってやってください、ジェーンさんに。行かないでくれって。傍にいてくれって言ってください。今ここでそれを言わないと、ジェーンさん、ハルファでいい男あてがわれて結婚しちゃいますよきっと。それでもいいんですか？」

　汗だらだらのスパルーツさん、意を決したようにジェーンさんに向き直ります。

「ジェーン！」

「は、はい！」

「君を愛してる！　どこにも行かないで、ずっとボクの傍にいてくれ！」

「は、はい！」

「ぼ、ボクと、ボクと、結婚してくれ！」

「はい!!」

うわあああああ――――！

会場大拍手！

「父上！　母上！」

僕に呼ばれて、国王陛下と、王妃のお二人が微笑《ほほえ》みながらそばに来ます。公《おおやけ》の場で、僕が陛下と妃を「父上、母上」と呼ぶってことは、これは僕からの個人的なお願いということです。

「どうでしょう、ここまで国のために尽くしてくれた二人のために、褒美として、お二人が結婚の証人になってあげるというのは」

会場の拍手が鳴りやみません。

「司教殿！」

陛下が、パーティーに出席していた教会の司教様を呼びました。

「今ここで、二人の結婚の誓いを聞いてやってくれんかね」

ざっと、司教様までの人が割れて道ができます。

「しょうがないですな。結婚登録料は金貨二枚ですぞ？」

ニコニコ笑って言う司教様の教会ジョークにどっと会場が沸きます。なんだか困っている二人を、

僕とセレアでエスコートして、前に連れていきました。

「えーと、誰でしたかな？」

司教様のボケに会場大爆笑です。

「スパルーツ・ルーイスさんです」

「こほん、汝、スパルーツ・ルーイスは、この者……」

「（ジェーンさんです司教様……）」

「ジェーンを妻とし、病める時も、健やかなる時も、貧しき時も、富める時も、この者を愛し、慈しみ、死が二人を分かつまで、変わらぬ愛を、女神ラナテス様に、誓うか」

「はい、誓います！」

スパルーツさんがはっきりと、答えます。

「汝、ジェーンは、この者、スパルーツ・ルーイスを夫とし、病める時も、健やかなる時も、貧しき時も、富める時も、この者を愛し、慈しみ、死が二人を分かつまで、変わらぬ愛を、女神ラナテス様に、誓うか」

「はい！　誓います！」

ジェーンさんも、嬉《うれ》しそうに答えますね！

「今夫婦になったこの二人に、女神の幸いあれ」

会場大拍手です。拍手の中、二人がキスをします。とんだハプニングですが、こんなハプニング、悪く思う人なんているわけないです。祝福の拍手が鳴りやみません。

「……やられたよシン君」

「二人のキューピットになってくれてありがとうございますバルター様。この二人を今ここで別れさせますか？　それとも二人とも連れていきますかね？」

「そんなことはしないよ。サランに怒られる」

そして僕のことをにらみますね。やれやれというふうに首を振ってね。

「バルター様、医師をこちらに派遣して勉強させてください。別に隠すことなんてなにもありません。我々はこれを商売にして金儲《もう》けにしようなどと考えていないんです。他の国に対して優位に立とうなんてこともね。優れた医療技術は人類共通の財産です。世界中に広まってほしいですよ」

なんてバカな王子だと思って僕を見ているでしょうね。

「その技術、利用する気は君にはまったくないのかね。他国に対して大変な優位に立てるよいチャンスだとは思わないのかね君は」

バルターさんがイヤミを言いますねえ。

「そりゃあ心配はありますよ。種痘に高い金をとって大儲けをたくらんだり、特定の国にだけ技術を教えない嫌がらせを行ったり、ひどい場合には戦争の道具に使うヤツも出てくるでしょう。だからこそ、世界中のどの国にも、差別なく提供する必要があるんです」

ちゃんと釘《くぎ》を刺しておきます。バルターさん、そのニヤニヤ笑いピクリとも動きませんな。なにも言い返すことができないようにしておきます。

「僕たちはこの技術をどこの国にも無償で技術公開しています。わが国にはもう三か国から医師が派遣されていて、今、種痘技術の勉強をしています」

「もうそんなことに！」

「そういう前例がありますのでね、ハルファでも学びたい医師を派遣していただければ、こちらで教育させていただきます。ぜひ若い、向上心ある医師をお送りください。お待ちしています」

「天然痘は魔法で治療する技術が我らの国にあると知ってのことかな？」

「医術に国境を設けるべきではありません。天然痘は人間だけがかかる病気です。だからこそ、僕たち人間の力でこれを世界から撲滅させることが唯一可能な感染症といっていいものです。野生動物もかかる病気では撲滅は不可能に近いですが、人間にだけかかる病気ならそれが可能なんです。同じ人類として大国ハルファの協力を期待しています。よろしくお願いします」

「……大した男だな、君は。世界中に恩を売る気か」

「ハルファの魔法医療大国としての既得権益が、たかだか一つ減るだけでしょう。ケチケチしなさんな」

ピンク頭が祝福される二人を、それはそれは悔しそうに見ていますね。

全員攻略、ハーレムエンドの線が消えたってことです。まあ僕とセレアが結婚してる時点で、もう無理なんですけどね。

ざ・ま・あ、ってとこかな。あっはっは。

ゲームの中では、ヒロインさん、攻略対象と恋仲になって、今までその仲を邪魔して嫌がらせをしてきた悪役令嬢のセレアを攻略対象さんと一緒になって断罪してきます。この時言い訳できず無実の証明もできないと、セレアは本当に断罪されて追放、没落してしまいます。僕との婚約も解消です。

ちょっとズルいかもしれませんが、今後もこうやって、陰でコソコソ、先に手を打って、攻略対象者さんをヒロインさんの魔の手から遠ざけてやりましょう。

え？　王子のやることじゃないって？

かまうもんかい。愛するセレアを守るためだったら。

【書籍版 書き下ろし】

ヒロインの憂鬱

「王子様むずかしい――――――！　何度やっても嫌われちゃう！」

あれからずっと携帯ゲーム機に夢中の七歳のリンスに、黒猫のクロが面白そうに口を出す。

「ははは、いきなり一番難しいキャラから攻略してもそりゃ無理ってもんだよリンス。もっと簡単な、他のキャラクターも攻略してみなよ」

「えーえー……」

「一人だけに好かれていればいいってもんじゃないよ。王子様と結婚するんだったら将来は王妃様。誰からも好かれるような素敵なレディにならなくちゃ。他の男の子を全然相手にしない冷たい女じゃダメなんだよ？」

これは平民のリンスにはない発想だった。たくさんの男性と仲良くなっちゃうなんて、ふしだらで淑女がやっていいことじゃないことぐらいはリンスだって知っていた。この世界の常識でもある。発想の転換が必要だった。

「好きな人にいちずじゃだめなの？」

「そこにはどのキャラクターも好きになってもらいたい、全部のキャラを攻略して長く遊べるゲームにして、その中から推しのキャラを選んでほしいっていうゲーム制作者の意図もあるし、全員の好感度をうまくコントロールするところがこのゲームの醍醐味《だいごみ》でね」

「ちょっとなに言ってんのかわかんない」

そんなリンスの反応に苦笑いするしかないクロ。

「とにかく、みんなに嫌われないようにすること！　それがこのゲームのコツなんだ」

「わかった、やってみるー」

そうして、またゲームをやり直すリンスだった。

☆彡

「……この人かんたん。ほめてほめておだてておけばいいんだから。たんじゅん――――！」

「脳筋だから……」

「のうきんって？」

「脳まで筋肉でできてるってもののたとえさ」

「あはははは！」

ベッドの上で転げ回って笑うリンスに、脳筋キャラが不憫だと苦笑いするしかないクロである。

「でも、この二人が食べてるレストランの料理おいしそう」

「ポテトチップ、フライドポテト、フライドチキンだね」

「それどんな料理？」

「別の世界で人気の料理さ」

「それ、うちのレストランでも出せないかなー？」

ふーんと、ちょっとクロが考える顔になる。

「うん、いいね。異世界の料理をこの世界でも再現できるか？　いいテストケースになる」

「ほんとう！」

「ああ、レシピを調べて教えてあげるよ。そうすればこのレストランを流行《はや》らせて、大きくし、リンスの家も裕福になって国民学校に通えるぐらいの余裕ができるかもしれない。その後はこの世界に実在するフローラ学園に進学できるだろうし」

「うわあ、ありがとう！」

王子様と一緒の学校に通える！　それはリンスにはすばらしい提案に思えた。

「んーんーんー……。よし！」

ずっとなにか見えないものを調べているみたいに目を閉じてうなっていたクロだったが、目を開けてリンスに言う。

「じゃ、レシピを言うからメモをして。まず簡単なところからフライドポテト。ジャガイモを小指ぐらいの細切りにして、水気を切って、植物油でからっと揚げる。揚がったら塩をまぶして……」

リンスはそのメモを両親に見せて、新しい料理を教えた。

コックの父親は驚き、また、貴重な植物油を贅沢《ぜいたく》に使うその料理に最初は難色を示したが、実際に作ってみてそれが今までにないまったく新しい料理であることを認めざるを得なかった。

いきなり開花したリンスの才能を不思議に思いながらも、リンスの父はそれらの料理を限定メニューでつけ加え、それが評判になり、店が流行り出すのに一年もかからなかった。

☆彡彡

リンスが初めて攻略に成功したのは脳筋キャラ。騎士の息子で、俺様熱血、勝手な正義を振り回す暑苦しい男だった。恋人にはなれなかったけど、卒業後もずっと仲良くしてくれそうな、ビターエンドだった。

「わたしを守ってくれるのはいいけど、こんな強引で勝手な人、わたしはやだなー」

「初めてビターエンドに成功したんだから、少しは喜んでよ……」

さすがにクロがあきれて文句も言う。

「そういうのが好きな女の子もいるよ。この中じゃ一番強いしね」

「王子様に負けてばっかりだったよね」

「それはきみがちゃんと応援してあげないから。ちゃんと彼を励まし続けたから、武闘会で優勝もしたし、こうしてエンディングを迎えられたじゃない」

「うーん、だって私は王子様に勝ってほしかったんだもん。攻略のためには好きでもない人にもいい顔してあげなきゃいけないの？」

「そうだよ」

　当たり前みたいにクロが言う。

「どの男の子にも、おんなじ答えをしておけばおんなじに喜んでくれると思ったら大間違いだよ。喜んでくれる男の子もいれば、怒る男の子もいる。相手によって答えは変えないと」

「それじゃあわたしが何人もいるみたい」

「その通りさ。その男の子の理想の女の子を演じるんだ。ありのままの自分を好きになってもらえることなんて、そうそうないさ」

「恋愛ってきびしー」

　ゲームで勉強していたリンスは両親も驚くほど読み書きを習得し、平民学校の幼少部に通わせてもらえることになった。店は新しいメニューが流行り出し、余裕ができたことも理由の一つだ。アイデアを出してくれたリンスに両親はさらなる期待をした。リンスはそれに応えたかった。

　平民学校でもリンスの成績は目覚ましかった。それ以上に、楽しかったのが男の子たちとの恋のマネごとである。ゲームの通りに理想の女の子を演じてやれば、面白いようにいろんなタイプの男の子たちがちやほやしてくれた。女の子の友達はさっぱりできず、白い目で見られたこともあったけど、そんなこと、リンスは全然気にならなかった。女の子たちにいじめられても、男の子たちが団結して守ってくれた。リンスはすっかり有頂天になっていた。

一度要領がわかると、ゲームは面白いようにリンスの思い通りに進んだ。ただ、いつもいつも邪魔してくる王子の婚約者はどうしても嫌いだった。

「なあにこの女！　どんな相手でもかならず邪魔しに出てきて私にいっぱいイヤガラセするの！　なにこれ！」

「あっはっはっは！　悪役令嬢だからね！」

「悪役令嬢？」

うんうんとクロが頷《うなず》く。

「本当のグッドエンドになるためには、その悪役令嬢に負けちゃダメだ。一人の男の子だけじゃなくて、他の男の子のことも味方にして、みんなで悪役令嬢を断罪するんだ」

「でもこの人、王子様の婚約者だよね」

「そう、だからこそ、王子様と結婚してプリンセスになるには、その婚約者と王子様を別れさせなきゃいけない」

「そんなのどうやって？」

「その悪役令嬢がいっぱいいじめてくるよね？」

「うん」

「それを逆手にとって、いじめられているところを男の子たちに守ってもらうんだ。そうすればうまくいく」

「わかったー！」

リンスは気が付かなかったが、このゲームにはセーブがなかった。

選択肢の前に戻ってやり直すことができないのだ。それはまるで人生で後戻りができないことと同じだった。エンディングを迎えてからでなければ、新しくゲームを始めることができない。だがゲームというものを知らなかったリンスにはそれが当たり前で、不自然には思わなかった。そのためあゆるルートを開拓するにはプレイに膨大な時間がかかったが、このゲーム機でできるゲームはこれだけだったから、リンスは気にならなかった。結果、何年も飽きずに遊べるゲームだったのである。

ゲームの中にアルバイト先として登場するフライドチキン店も、どんな店かクロに聞いて、それを両親に提案した。両親は喜んでその話に乗ってくれて、近領の男爵様ともつながりができ、もうすぐゲームに登場する「コンビニ」も、開店準備が進んでいる。事業は拡大してリンスの家は大きくなった。

リンスは自分の家で、猫を飼えるようになったのである。リンスにはそれが一番嬉《うれ》しかった。

「さあクロ！　今日からここが私たちの家よ！」

「……いや、ここまで大きくなってくれるとは、僕も感慨深いよ」

リンスの家の飼い猫になったクロも喜んだ。

リンスは自分のアイデアの店の手伝いも忙しかったが、勉強もまじめにやった。

「私、このフローラ学園に、入学できるかな……」

「今のままなら、きっと大丈夫。勉強頑張ってね」

クロはそう言うが、リンスは、なにか足りないように感じていた。

ゲームのキャラクターたちはみんな一年生から学園にいる。でも自分が転入できるのは二年生から。

なんだかズルいと思う。こんな楽しい素敵な学園生活を、みんな一年目からやっているのに、自分は粗末な木造の平民学校で、転入するのが二年生からってのがつまらなかった。

街に出てフローラ学園を見上げる。

平民の学校とは比べ物にならないぐらい、豪華で、大きく、大理石で作られた美しい校舎。自分もここからスタートしたかった。

☆彡

そんな時、リンスは王子に出会った。

王子は平民のかっこうをして、誰にも気が付かれないようにこっそりと街にいて、リンスが手伝いをするフライドチキンの店に現れたのである！

それは確かに、あの時リンスをいじめっ子から助けてくれた少年が成長した姿そのままで、リンスの胸は高鳴った！

「それ、私が持っていきます！」

アルバイトのウェイトレスからトレイを奪って、自分の分の食事も用意して、王子が座っている外のテラス席に持っていく。

残念ながら、王子はリンスのことを、まったく覚えていなかった。

それでもいい、学園に入れば、きっと出会いイベントがあって、私はこの人と恋に落ちる。

好きでもない公爵令嬢と婚約させられて、本当の恋も知らず、毎日を無為に過ごしているこのさびしい男の子を、私だったらきっと癒《いや》してあげられる。本当の恋を見つけてあげることができる。

だって、恋愛小説なんか読んでもんもんとしちゃってるんだもん。きっと素敵な恋にあこがれているのは私と同じ。リンスはそう確信した。

……すっごい怖い顔の男が割り込んできて、台無しにされてしまったが。

あんなカッコいい男の子と恋ができて、プリンセスにだってなれる！

障害はいっぱいある。ゲームだから。でも、今の自分だったら、あのゲームを何年もやり込んで、ほとんど全部のエンディングをクリアした今の自分なら、必ずグッドエンドを迎えることができるはず！

「男爵様の養女の話、考えてみようかな……」

それがゲームの歯車を狂わせることになるとは、この時のリンスには、わかるわけがなかった……。

☆彡彡

ブローバー男爵は、自領の特産品を王都でうまく商売にしてくれるアイデアを出しているのが、ハンス商会の娘のリンスであることは驚きだったが、リンスを養女にしようと決めたのは、単に金の生る木であるリンスを他の貴族、商人に取られてしまうのを予防するためであった。

そのリンスがフローラ学園に入学したいという希望は、彼女によりよい教育を受けてもらって、さらに商才を発揮してもらう上でも、他の貴族子息令息に顔をつないでもらうという意味でもありがたかったと言える。ただ、ブローバー男爵は豊富な資金力もあり、息子も娘もすでにいたので、リンス自身にはまったく興味がなかった。それでもリンスに教育を与えることは「能力ある者には貴族、騎士、平民の身分にかかわらず教育を」という国王陛下の教育方針にも合致しており、よい事例になるだろうし都合がいい。そのための費用は出してやることにした。

男爵はたまに王都のハンス商会を訪れる時ぐらいしかリンスとは面識がなく、養女、入学の手続きについてはもっぱら王都に派遣している自領の役人に任せていた。

「フローラ学園に入学したいという希望がございましたね。来年度の平民入学枠はゼロですから、貴族籍に養子に入るのは必要になります。養女とはいってもなにも男爵様の屋敷に住めと言っているわけではありません。養子縁組と言うのは形式的なものですから、今まで通りご自宅に住んでもらってかまいませんよ。リンスさんに「ブローバー」という苗字が加わるだけで、その他は今まで通りです。まあ学園に入学してもらう以上、入試まで半日は家庭教師をつけて教育を突貫でやっていただくことになりますし、学園では学生寮に入寮していただきますが、週末にはもちろんご自宅に帰ってもらってかまいません。同じ王都都内ですからね。いかがでしょうか？」

役人の言う条件はどれもリンスとその両親には願ったりかなったりであった。

平民学校でも成績がよかったリンスは、学校の推薦状も得られ、午後には男爵が雇ってくれた家庭教師について受験勉強もでき、フローラ学園の入試はパスできる程度には準備が整った。

意外にもフローラ学園の入試は単に学科試験のみであり、貴族としてのマナーやルールを試験するような項目はなかったのである。

そんな時、自宅の最寄りのフライドチキン店に、新しくクロに教えてもらったメニューの様子を見に行ったリンスは、外のテラス席の客を見て驚いた。

「王子様だ！」

前回のフライドチキン店での出会いからもう四年が過ぎていた。まだ幼かった王子はフローラ学園の入学を控え、ゲームの通りのグラフィックの素敵な少年に成長していた。

リンスは、声をかけるべきか、学園での出会いを待つべきか迷ったが、王子と同席しているメンバーに興味を抑えることができなかった。素早く店員のユニフォームに着替えて、今やっているキャンペーンのアンケートをテラス席の客にも聞きに行くと店員に伝えて、ドリンクのカップを四つ用意してもらった。

自分のことを覚えてくれているだろうか、十五歳になろうとしている今、ゲームの通りに王子は自分のことを思い出してくれるのではないだろうか。ゲームでは確か、入学式に倒れたリンスを保健室に運んでくれる王子は、その時リンスとの七歳の出会いを思い出して、それからずーっとリンスを卒業まで陰に日向に見守ってくれる。イベントさえうまくこなせば、結婚というゴールだってあるのである。

席に近づいてリンスは驚愕《きょうがく》した。

「ツンデレくんだ――――!」

初めて見る王子以外の攻略対象者の、ゲームではないリアルな姿にリンスは興奮した。

しかしおかしい。ツンデレくんこと、ジャックは子爵で、貴族キャラの中では一番爵位が低い。王子とはまったく接点がないはずなのだ。なのに今、王子と同席して一緒にフライドチキンを食べている。なにこの友達ポジション?! ありえないよ!

ゲームではカッコよかったツンデレくん。顔はいいのに田舎貴族で口は悪く性格も歪《ゆが》んでいて、上品な貴族をバカにしたような態度を取る。その代わり他のキャラと違って貴族のルールやマナーについて注意してきたり、それを理由に気を悪くすることはまったくない、登場キャラの中で一番の庶民派だった。そのため平民のヒロインには一番付き合いやすい相手である。

ジャックはどの攻略ルートでも、多少ドSな面もあるが、愚痴を言い合い悪ふざけして庶民の付き合いをしてくれる、いわゆる「チョロい」キャラであった。他のキャラを攻略しているときはまったく邪魔にならない友達ポジションをキープしてくれるありがたいキャラでもある。

問題は、ツンデレ君には婚約者がいるということだ。それでも王子ほど難易度が高く設定されているわけではないので、ツンデレ君の婚約者は悪役令嬢のようにヒロインに絡んでくることはない。

このゲーム、攻略対象に婚約者がいるのは実は王子と、このジャックだけである。そのため、仲良くはなれても、恋人にはなかなかなれないのがこのジャックで、性格通り一癖も二癖もある、ある意味「味わい深い」キャラであった。

そうすると……ジャックの横にいる女子、まさかジャックの婚約者ではないかとリンスは思い至った。ジャックの婚約者ってこんな人だったっけ？　ゲームで出てくる絵は数枚だけで後ろ姿だったりしていたのであまり印象にない。なんだかふわふわとしていてふっくらしていて胸とかお尻とかいろいろおっきい！

しかも、それ以上に！　王子の横にいる女子についてはまったく謎である！

もしこの子が王子の婚約者だとしたら、ゲームの悪役令嬢とまるで印象が違うのだ！

だいたい悪役の公爵令嬢はこんなふうに王子に付き合ってお忍びで街に出てきたりしない。なにか食べたいもの、飲みたいものがあったのなら屋敷まで届けさせるはずである。髪も縦巻きロールだったし、目つきも怖くて、こんな地味な顔立ちをしていなかった。

二人とも、王子とツンデレ君が街に出る時だけの、付き添いのお役目の人なのかなあ……と、リンスはそこまで疑った。これはもう突撃するしかない。

近づいて改めて見ると、美少年、美少女のオーラがすごいが、勇気を振り絞ってリンスは四人に声をかけた。

「すごいメンバー……。あ、いらっしゃいませ。ハンスのフライドチキン店へようこそ！」

「……どうも、ご馳走《ちそう》になってます」

王子他、全員対応がそっけなかった。それはまんま平民の普通の客そのもので、店員であるリンスにはまったく興味を持ってもらえなかったようである。

やっぱり王子様、私のこと全然覚えてない……。

リンスは落胆した。この髪のせいかなあとも思う。七歳の時薄い赤毛だった髪は、成長してだんだん鮮やかな透き通るピンクになった。誰にでも覚えてもらえる、ゲームのヒロインらしい髪色でリンスは気に入っていたが、どういうわけか王子は無関心なのだ。もしかしたら違う女の子に見えたのかもしれない。

四人、ジュースを回し飲みして思い思いに感想を言っている。なんでそんなに仲良しなの⁉　このメンバーでそんな仲良し設定なかったよ！

やっぱりあの女の子、悪役令嬢？

あんなに王子とラブラブなわけがないよ！

「今日、王子様とツンデレくんに会ったよ！　お店に来たの！」

「えっ？」

リンスのベッドに寝ていた黒猫のクロは、眠そうに薄目を開けてリンスを見た。

「一緒に女の子も二人いて、もしかしたら王子様とツンデレくんの婚約者だったかもしれない」

「いや……そんなはずは……。その二人、接点が全然ないし、婚約者とも仲がいいわけないよ。見間違えじゃない？」

「そうじゃないと思うけど……」

クロはリンスが一年生からフローラ学園に入学するのに特に反対はしなかった。本来二年目から転入するはずのゲーム設定が一年から入学することで状況が変わるとは思っていなかったのである。

入学を今年に控えてそわそわしているリンスに、クロはあくびして体を伸ばして見せた。

「入学するのはゲームだったら二年目からでしょ？　だったらどうせ二年目になってるころには関係は冷えてるよきっと。あわてないでさ、もう少し様子を見たら？」

あちこちに仕掛けたイベントフラグの強制力は多くがランダムイベントだから、時間がずれることは最初から想定済である。それはゲーム機の「未来予測プログラム」で処理できる範囲で収まるはずだ。そこにバグが発生したらしたらで、それもまた有益なデータになると思っていた。

リンスは今一つ納得がいかない様子であったが、クロは別に大したことじゃないと考え、そのまままた体を丸くして眠るのだった。

☆彡彡

そうして順調に時は過ぎ、いよいよ入学式当日になった。やっとゲームが始まる。今までの仕込みとゲームプログラムの成果を実験できる。クロはこっそり学生寮に忍び込み、リンスの個室で期待しながら帰りを待った。

「イベントの通りにならなかったよ！」

開口一番リンスが言った言葉にクロはちょっと驚いた。

「どんなふうに違ったの？」

「入学式で私が倒れて王子様が保健室に運んでくれるんだよね！」

「うん」

「運んでくれたんだけど、運んでくれたんだけどさ……」

よかった。そのイベントはちゃんと起きたんだ。クロは安心した。

「で、なにが違うの？」

「担架で運ばれたの」

「たんか？」

「しかも悪役令嬢も一緒についてきて！」

これはクロの想定外だった。

実はゲームのシミュレーターで何度試行を繰り返しても達成できなかったのがヒロインと王子のベストエンドである。元平民のヒロインと王子の結婚はそれほどハードルが高い。どんなに条件を整えてもそんな未来を作ることはできなかった。

だから、クロは登場人物には二つだけ、強制力が発動するスイッチを仕込んでいた。

それはメインとなる王子と悪役令嬢。それにヒロインの三人がそろった時に、王子は幼い初恋を思い出し、悪役令嬢はヒロインに猛烈に嫉妬が湧くという感情をコントロールするスイッチだった。

「王子様、髪を撫《な》でてくれた？」

「全然！　すぐ出ていっちゃったよ？」

ゲームイベントでは、王子はヒロインを優しく保健室のベッドに寝かせ、そして愛《いと》おしそうにヒロインの髪を撫でる。

「まさか、君が入学してくるなんて……」

そこで保険医が入ってきて、王子は入学式に戻るのだ。

そんなラブいイベントがあったはずなのである。リンスは倒れていたからそれは確認できていたかは怪しいだろうけど。

「リンス、倒れたんだよね」

「うん、ゲームの通りになっちゃうんだね。なんかすごいね。会場、体育館じゃなくて講堂で、椅子全員分あったんだけど、雨降ってきたせいでびしょ濡《ぬ》れになっちゃったから体調悪くなったの」

うん、イベントの強制力はちゃんと機能している。

「王子様、あれから態度変わった？」

「まったく。私のことホントに覚えていないまんまだった」

それはおかしい。

「悪役令嬢ににらまれた？」

「ぜんっぜん！　フツーに自己紹介されちゃった」

詳しく聞くと、保健の先生の話では、リンスは学園の先生と王子が担架でえっほえっほと運んできたのだという。お姫様ダッコのはずが、ロマンもへったくれもない。

その講堂の場面でも、後の教室でも、王子、悪役令嬢、ヒロインの三者そろい踏みの場面があった。なのにリンスの話だと王子の初恋スイッチ、悪役令嬢の嫉妬スイッチが起動していない。

ゲーム通り二年目から発動するイベントのフラグと、バッティングしてバグになった？

ゲームの開発環境がこの世界にない以上、クロにはいまさらチェックのしようがなかった。

いくら未来予測プログラムが組み込まれているとはいっても、リンスに持たせた携帯ゲーム機に過ぎないＰＷＰ《プレイワールドポータブル》の性能ではそんな不確定要素を組み込んでシミュレートをやり直す能力はない。

多すぎる差異分はゲームの予測を今後もどんどん狂わせていくことになるのだろうか。

「それに、担任の先生が生物のイケメン教師じゃなくて、おじさんだった！」

「えええええ！」

クロは初めて不安が湧いた。それも二年目から発動してくれるのだろうか……。

☆彡

メインルートで強制発動する王子を除いても、攻略キャラとの出会いイベントは案外簡単である。

たとえばおバカ担当だったら、おしゃれを頑張れば向こうのほうから、「君の髪はまるで天使のようだね……」と声をかけてきてくれる。この時笑っちゃったらダメで、素直にお礼を言えば友達になってくれる。ついでに他の男子生徒も釣れるので、廊下で絡まれて困っていたら脳筋担当が助けに来てくれる。眼鏡くんは図書室で宿題がわからずにうんうんうなっていればいい。見かねて答えを教えてくれるはずだ。クール担当くんだけはちょっと発生条件が難しいので今は後回しにしよう。

ランダム要素がある他のキャラと比べて、ツンデレくんは狙って出会いイベントを起こせるので攻略しやすい。イベントのあとはずっと友達ポジションをキープできるので攻略が易しいこともあり、まずはそこから始めてみようかとリンスは考えた。

最初の出会いイベントのフラグは、学食でお弁当にフライドチキンを持っていくことだ。手づかみでガツガツ肉を食べていると、悪役令嬢がやってきて「なんて下品な食べ方をするの！　フローラ学園をなんだと思っているのよ！　出ていきなさい！」と学食を追い出される。それを見ていたツンデレくんが追いかけてきて、中庭で泣いているリンスに「その肉、食わないなら俺にくれよ」って言ってくるのだ。なんでもうまそうなフライドチキンに、どうしても食べたくなったらしくて、自分のサンドイッチと交換してくれる。フライドチキンを初めて食べたツンデレくんはその味に喜んで、フライドチキン店の放課後デートなんかのイベントを通して仲良くなり、その後もずっとリンスのことを気にかけてくれるようになる。あくまで友達としてだけど。

しかし、実際にフライドチキンを持って学食に行って食べてみても、悪役令嬢もツンデレくんも無反応だった。それどころか周りの高位の女子たちの視線が痛い。

だいたいツンデレくんは、いつもあのやたら胸がでっかい女の子（やっぱり婚約者だった！）と一緒に仲良く食べていて、それに王子や悪役令嬢もしょっちゅう同席していて、入り込める隙間がない！

その日、たまたま珍しく一人で学食でカルボナーラを食べていたツンデレくんに、これはチャンスかもしれないと思って、リンスは思い切って前の席に座ってみた。

「こんにちは」

「ん……、ああ、フライドチキンの」

そうだった！　よく考えてみれば初めてツンデレくんに会ったのはリンスの実家のフライドチキンの店だった！　いまさらフライドチキンに興味がわくわけがないのである！　リンスのことをツンデ

レくんが「フライドチキンの店員さん」としての記憶しかないのも道理であった。

「……ジャック君、いつもカルボナーラ食べてるよね。大好物なの？」

「宣伝だよ。この学食のチーズもバターもクリームも、今年からうちの領から仕入れてる。俺がうまそうに食って見せればここの学生から王都のお偉いさんにも売れるようになるかもしれんだろ」

そうだったんだ。知らなかった。そんな理由があったんだねとリンスは思わぬゲームの裏設定を見たようで面白かった。

「弁当にもフライドチキンかよ。飽きないか？」

「おいしいよ？」

「脂っこくてな。そんなに毎日食いたいもんじゃないだろそれ」

出たドS。その店の店員をしていた自分にこういうことを無神経に言うところがツンデレくんらしい。でもゲームでは『毎日でも食いてえ――！』って言ってたよね。それでも、やっぱり気取らず話しやすいなあとリンスはゲーム通りのキャラのツンデレくんに嬉しくなった。

せっかくだから前から聞いてみたかったことを聞いてみたい。

「ジャック君、王子様と仲いいよね！　いったいどうやって知り合ったの？」

ギロッ。

とたん、ツンデレくんの目つきが変わった。凶暴で粗野でドSな本性むき出しの、荒れたジャックがそこにいた。空気が一瞬で凍りついた。

なにか地雷を踏んだのか。震えるような怖さをリンスは感じた。

「……ガキのころからの腐れ縁だよ。別に自慢できるようなことじゃねえ」

「そ、そう……」

なにが地雷だったのかリンスはさっぱりわからなかった。

それ以上話しかけることができずに困っていると、たぶん、そんな感じでジャックの隣に胸を揺らせてトレイを持ったシルファが座った。ツンデレくんの婚約者である。

「こんにちは。リンスさん」

そう言ってにっこり笑う。途端に場の空気がやわらかくなった。ツンデレくんもすぐに普通の顔になった。やっぱりこの二人、仲いいよ！　ゲームと全然違うじゃない！　リンスはクロに文句を言いたくなった。

「シルファ、気を付けろ。こいつもシンと仲良くなりたいらしいや」

この婚約者さんも悪役令嬢と仲がいい。つまり、王子様や未来の王妃様とお近づきになりたい人たちが、この二人にやたら絡んできて二人とも迷惑しているということがリンスにもわかった。ツンデレくんが怒ったのはそのせいだったか。機嫌が悪くなるわけである。

「ごめんなさい……」

「あら、シン君もセレアさんも、普通に話しかければ友達になってくれますわ。特別なことなんてなんにもありませんよ。だって私たちとも仲良くしてくれるぐらいですから」

婚約者さんはほんと優しげにふわりと笑う。婚約者のツンデレくんが、見知らぬ女の子と話していたのに、嫉妬するわけでも不安になるわけでもなくなんとも思っていない。そういう信頼関係がこの二人にはもうあることが見て取れてしまった。

「俺は子爵でシルファは男爵の子だ。シンはそんなことで人を選んだりしねーよ」

ちょっと不機嫌にジャックは言う。

「だからあいつとお近づきになりたいんだったら、それは自分でやれ。俺らに関わるな。わかったな」

びしっ。釘《くぎ》を刺された。それはもう、このツンデレくんとのフラグをポッキリ折られたようにリンスは感じて、背中に冷や汗が流れた。

「ジャック様、またカルボナーラ食べてる！」

「宣伝だって言っただろ」

「だからって毎日それじゃ、栄養が偏りますわ」

「だったらそれくれよ」

「しょうがないですね——！」

そんなふうにイチャイチャ、二人、昼食を分け合って食べている。

前に座るリンスは、めちゃくちゃ気まずかった。

ゲームと違う。違いすぎる。

クロ、ホントに、二年目になったら、ゲーム通りになるの？
リンスはこの学園でやっていけるのか、初めて不安になった……。

あとがき

お待たせしました！

一巻発売後、多くの方の支持を頂き、こうして二巻をお届けすることができました。読者の皆様、関係者の皆様にお礼を申し上げたいと思います。ありがとうございました。

みなさんは、実際に悪役令嬢物の元となる「恋愛シミュレーション」というゲームをやったことがあるでしょうか。女性向けなら乙女ゲー、男性向けならギャルゲーですね。

悪役令嬢、婚約破棄物とは、この乙女ゲーの世界を逆手に取って、逆張りした面白さをテンプレとして確立された歴史があります。モデルとなる実在するゲームというやつはないらしいですね。

ゲームの中のヒロインにとっては素敵な男性キャラクターたちも、悪役令嬢から見れば自分を断罪してくるすべてが敵。でも実際の恋愛シミュレーションでは、キャラクターはみんな個性的で、いわゆる「属性」がそれぞれ異なり、最初は変人に見えても、仲良くなってくると、一人ひとりが愛すべき魅力的なキャラであることがわかるようになっています。何度もゲームを繰り返すたびに新しい展開があり、その中から、一番好きなキャラやシナリオを見つけて、プレイヤーは「私はこんな恋がしたかったんだ！」という知らなかった自分の一面を発見することができるのが、恋愛シミュレーションの楽しみなのかもしれません。

さて私が書いたこの作品はかなりイロモノでして、人気が出て書籍化されるなんてことは全く想定せず、好き放題書いたもので、これが人気が出て読まれるようになったのはなぜなのかは大変不思議でした。でもその理由に、本物の乙女ゲーのようにキャラクター一人一人にスポットを当て、個性あるキャラにし、一行で終わるようなエピソードの一つ一つを、丹念に一話にしてみたことで物語がとても充実した内容にできたからではないかと思います。

悪役令嬢・婚約破棄物を読んだり、書いたりしているけど、ギャルゲも乙女ゲーも実際にはやったことがないという方は、大変損をしていると思いますね！　ぜひ一度、やってみることをお勧めします。きっと、こうしたゲームのキャラに与えられた本来の魅力を、再発見できると思います。

この小説に生きたイメージを吹き込んでくださったイラストのＮａｒｄａｃｋ様、二冊目の出版に奔走していただいた編集様、そして、今コミカライズを進めていただいているゼロサムオンライン様と作画担当のオオトリ様に感謝を申し上げます。マンガのキャラデザ、ネームなどを頂いておりますが、原作を何倍も魅力的にする素晴らしいものです。この本と同時期に公開されますので、原作者としてすごく楽しみで、幸せを感じています。どうもありがとうございます。

シンはセレアを守り切ることができるのか。登場したキャラはいったいそのときどうするのか？

いよいよ卒業を迎える三巻でまたお会いできることを、楽しみにしています！

第七王子に生まれたけど、何すりゃいいの？

著：籠の中のうさぎ　　イラスト：krage

生を受けたその瞬間、前世の記憶を持っていることに気がついた王子ライモンド。環境にも恵まれ、新しい生活をはじめた彼は自分は七番目の王子、すなわち六人の兄がいることを知った。しかもみんなすごい人ばかり。母であるマヤは自分を次期国王にと望んでいるが、正直、兄たちと争いなんてしたくない。――それじゃあ俺は、この世界で何をしたらいいんだろう？　前世の知識を生かして歩む、愛され王子の異世界ファンタジーライフ！

チートスキル『死者蘇生』が覚醒して、いにしえの魔王軍を復活させてしまいました～誰も死なせない最強ヒーラー～

著：はにゅう　　イラスト：shri

特殊スキル『死者蘇生』をもつ青年リヒトは、その力を恐れた国王の命令で仲間に裏切られ、理不尽に処刑された。しかし自身のスキルで蘇ったリヒトは、人間たちに復讐を誓う。そして古きダンジョンに眠る凶悪な魔王と下僕たちを蘇らせる！　しかし、意外とほんわかした面々にスムーズに受け入れられ、サクッと元仲間に復讐完了。さらにめちゃくちゃなやり方で仲間を増やしていき――。強くて死なない、チートな世界制圧はじめました。

貧乏令嬢の勘違い聖女伝

~お金のために努力してたら、王族ハーレムが出来ていました!?~

著:馬路まんじ　　イラスト:ひさまくまこ

男爵令嬢なのに生活苦で冒険者になった私、ソフィア。ある日、無理が祟ってダンジョンで死んでしまった。そして気付けば、生まれたときに逆戻りしていた！　そこから私は猛特訓した。その結果、常にキラキラの笑顔で、精度が高い魔法を使える、パーフェクトソフィアが完成！　だけど15歳になった時、お父様に病を患ったと告白され、医療費を稼ぐために結局冒険者になることに――。後に引けない切実なソフィアの聖女な冒険譚！

勇者の嫁になりたくて(￣▽￣)ゞ

著：鐘森千花伊　　イラスト：山朋洸

ファンタジーな世界に前世の記憶を持ったまま転生した少女ベルリナ。彼女は前世知識と特殊スキルによって都会暮らしを堪能していたのだが……。ある日、勇者・クライスを一目見た瞬間にすべてが変わってしまった。そう、都会暮らしを捨てて勇者を追いかけるという追っかけ生活に！　たとえ火の中、水の中、危険なダンジョンの中であろうとも、勇者様の姿を10m後ろに隠れてがっつり追いかけます。すべてはあなたの嫁になるために!!

僕《ぼく》は
婚《こん》約《やく》破《は》棄《き》なんて
しませんからね
2

おたよりの宛先
〒160-0022　東京都新宿区新宿 3-1-13
京王新宿追分ビル 5F
株式会社一迅社　ノベル編集部
ジュピタースタジオ先生・Nardack 先生

初出……「僕は婚約破棄なんてしませんからね」
小説投稿サイト「小説家になろう」で掲載

2020 年 10 月 5 日　初版発行

著者　ジュピタースタジオ
イラスト　Nardack《ナルダク》

発行者：野内雅宏

発行所：株式会社一迅社
〒160-0022　東京都新宿区新宿 3-1-13
京王新宿追分ビル 5F
電話　03-5312-7432（編集）
電話　03-5312-6150（販売）
発売元：株式会社講談社（講談社・一迅社）

印刷・製本：大日本印刷株式会社

DTP：株式会社三協美術

装丁：伸童舎

ISBN 978-4-7580-9303-3

「生徒会費を生徒会が好きに使っていいわけですか？」

くそっせっかく会場を講堂に変更して
生徒全員を座らせるように手配したのに……。
凄いなゲームの強制力。
第一王子
シン・ミッドランド
入学早々、乙女ゲームイベント発生！